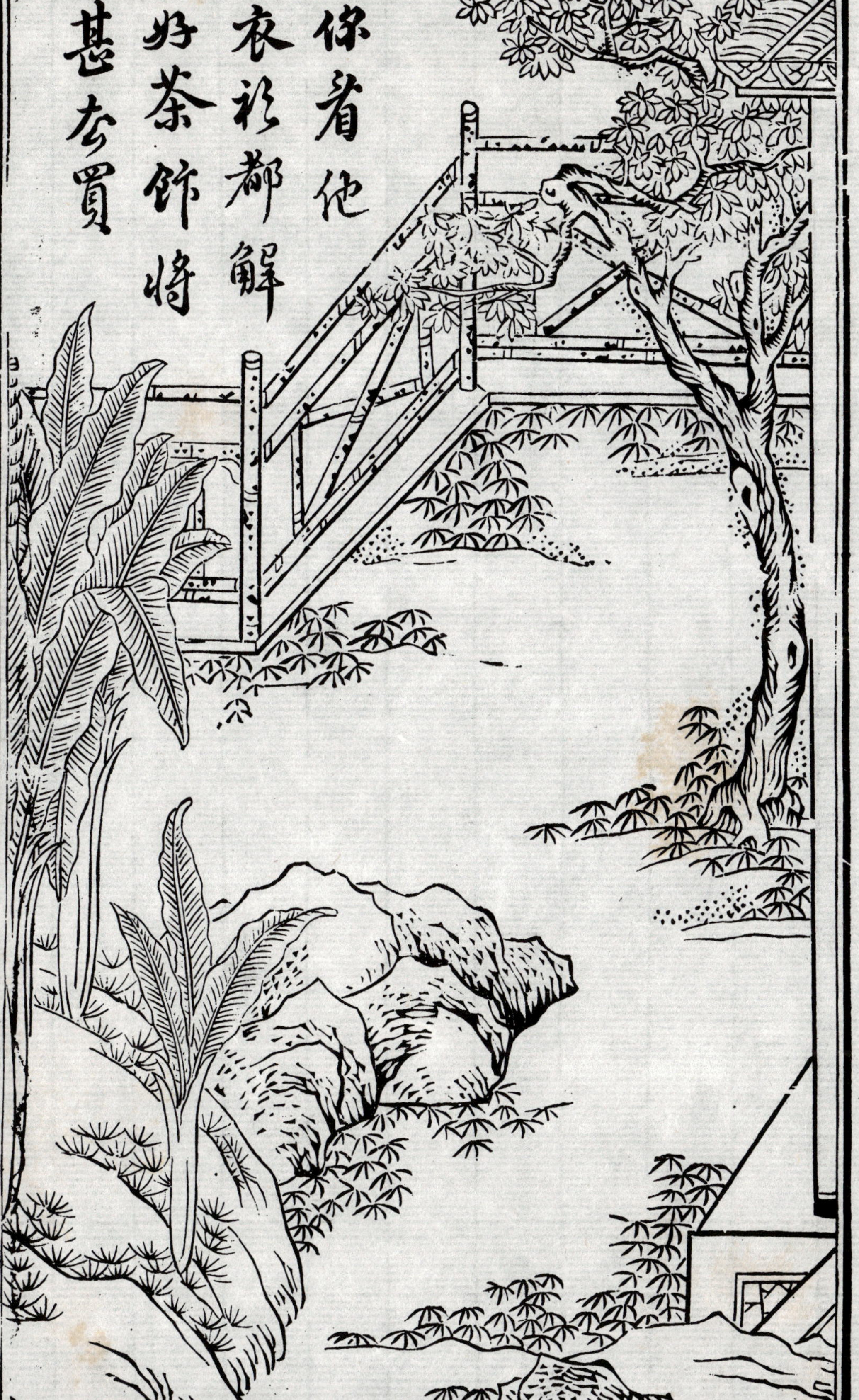
你看他
衣衫都解
好茶飯將
甚去買

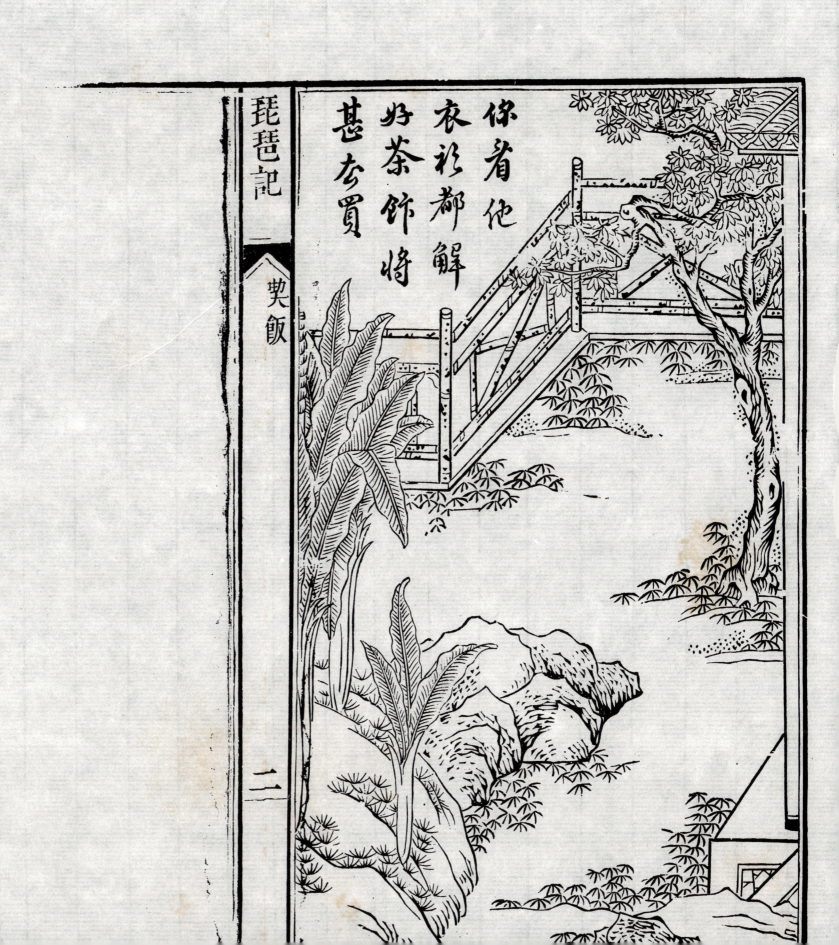

板 前頭

喫飯〔正旦兜頭青布衫打腰裙上〕
南呂宮引子〔薄倖〕野曠原空、人離業敗、謾盡心行孝、力枯形憊、幸
爹媽、此身安泰、悽惶處見慟哭饑人滿道、嘆舉目將誰倚賴、
野蕭疎絕烟火、日色慘淡黯村塢、亦別空原婦泣夫、生離
處兒牽母、覩此恓惶、實可憐、思量轉覺此身難、高堂父母
難保、上國兒郎去不還、力盡計窮淚亦竭、看看氣盡知何
高岡黃土漫成堆、誰把一抔（蒲侯切）掩奴骨、奴家自從兒夫去後、（俗
非）遭饑荒、衣衫首飾盡皆典賣、家計蕭然、爭奈公婆年老、亦
難保、朝夕又無甘旨（俗作膐非）承奉、如何是好、只得安排一口淡飯、
公婆充饑、奴家自把些穀膜（俗作細米糠皮非）米皮餔饠來喫、苟留殘喘、喫

又怕公婆撞見、只得迴避、免致他煩惱、如今飯已熟了、不
請公婆出來、用早膳則箇、公婆有請、〔走至下扶外左臂〕〔外
眉白擅帽破花帕裹頭破紬襖裙打腰拄杖上〕咳、
仙呂宮引子〔夜行船〕恐餓擔饑何日了、孩兒一去無音耗、〔正旦扶
中放手又至下扶副〕〔副白髮棉兜破帕裹頭破紬襖打腰
拄杖上〕甘旨蕭條、米糧缺少、〔外副照面並立悲狀科〕天嗄、
箇亦生難保、〔進桌板櫈坐科〕〔起坐皆要鬧鬧〕〔正旦〕請坐了、〔見科〕公婆萬福、〔外
了、媳婦請我兩口出來做什麼、〔正旦〕請公婆出來用早膳、
喫飯嗄、〔外〕快些拿來、〔正旦〕是、〔轉身取介〕〔副〕老兒有飯喫了、
好了、〔正旦〕公公婆婆、請用飯、〔放碗筯盤豎桌右脚邊〕〔外拿

〔介〕〔副欲喫看桌停筯云〕媳婦、〔正旦〕婆婆、〔副〕下飯呢、〔正旦〕沒
〔副〕鮭菜呢、緊〔正旦〕也沒有、慢〔副放碗筯云〕也沒有、更急〔正旦〕是、緩應〔副怒
賤人、俗不念非〔奪外飯碗放桌云〕阿老、不要喫了、〔外〕爲什麽嗄、〔副〕前
日還有些下飯、今日止得一口淡飯、再過幾日連淡飯都
得喫了、我是不喫、收了去、〔外〕咳、阿婆、這等年時胡亂喫些
了、還要分什麽好嗄歹、〔副〕咳阿老嗄、
南呂宮集曲〔羅鼓令〕〔刮鼓令首至七〕終朝裏受餒、你將來飯教我怎喫、你
疾忙便擡、〔正旦應朝上暗哭指淚介〕〔外〕阿婆你也忒饞了些、
阿老、非干是我、有些饞態、〔外〕你看他衣衫都解、好茶飯、將
去、買几的是天災、教媳婦們也難佈擺、〔副〕還不快撿、拍桌介〔正旦〕婆

息怒、且休罪、〔外右手遮左手暗指撥教媳收科副怒不理式〕
〔旦〕〔皂羅袍四至八〕待奴家霎時收去再安排、〔合唱〕思量到此淚珠滿
看看做鬼溝渠裏埋、〔刮鼓令末二句〕縱然不死也難捱、〔正旦對左上〕〔副低頭暗拭
跌脚看外副外拳拍桌正旦右手指出身退獨唱〕教人只
蔡伯喈、〔虛下〕〔副〕
〔前腔〕〔刮鼓令首至七〕如今我試猜、〔各走出外云〕猜些什麽、〔副出桌連
多應他犯着獨噇病來、〔正旦暗上看聽〕〔副連唱〕他背地裏自
些鮭菜、〔外〕阿婆、他那裏得錢去買、〔副〕我喫飯他緣何不在、這
意兒、眞乃是歹、〔外〕他和你甚相愛、不應反面直恁的乖、〔正旦〕
呀、聲俗作響音非〔副外急進桌坐科〕〔正旦對右角唱〕奴家千辛萬苦有甚

猜〔皂羅袍四至八〕可不道臉兒黃瘦骨如柴、〔合唱〕思量到此淚珠滿腮
看做鬼溝渠裏埋、〔刮鼓令末二句〕縱然不死也難捱〔正旦〕教人只恨
伯喈〔外巴桌搖頭云〕咳怎了嗄怎了、〔正旦〕正是啞子試嘗黃
味、難將苦口向人言、〔拭淚下〕〔副〕阿老、我想親的到底是親、
生兒子不留在家、到倚靠着媳婦供養、前日兀自有些鮭
今日只有一碗淡飯充饑、再過幾日、連飯也沒了、我看他
日自喫飯時、百般躲我、敢是背地裏自買些下飯受用分
〔外〕阿婆我看媳婦不是這般樣人、休要錯疑了、〔副走出云〕
若不信、等他自喫時節、我和你悄地看他一看、便知端的、
這也說得是、只是一件哪、

荒年有飯休思菜、〔副〕咳、媳婦無知把我欺、
〔外〕渾濁不分鰱共鯉、〔合〕水清方見兩般魚、
〔副先下復轉身扯外裙向外點頭云〕阿老你來、〔外一步〕吠、
〔又招手〕來、〔外應同下〕

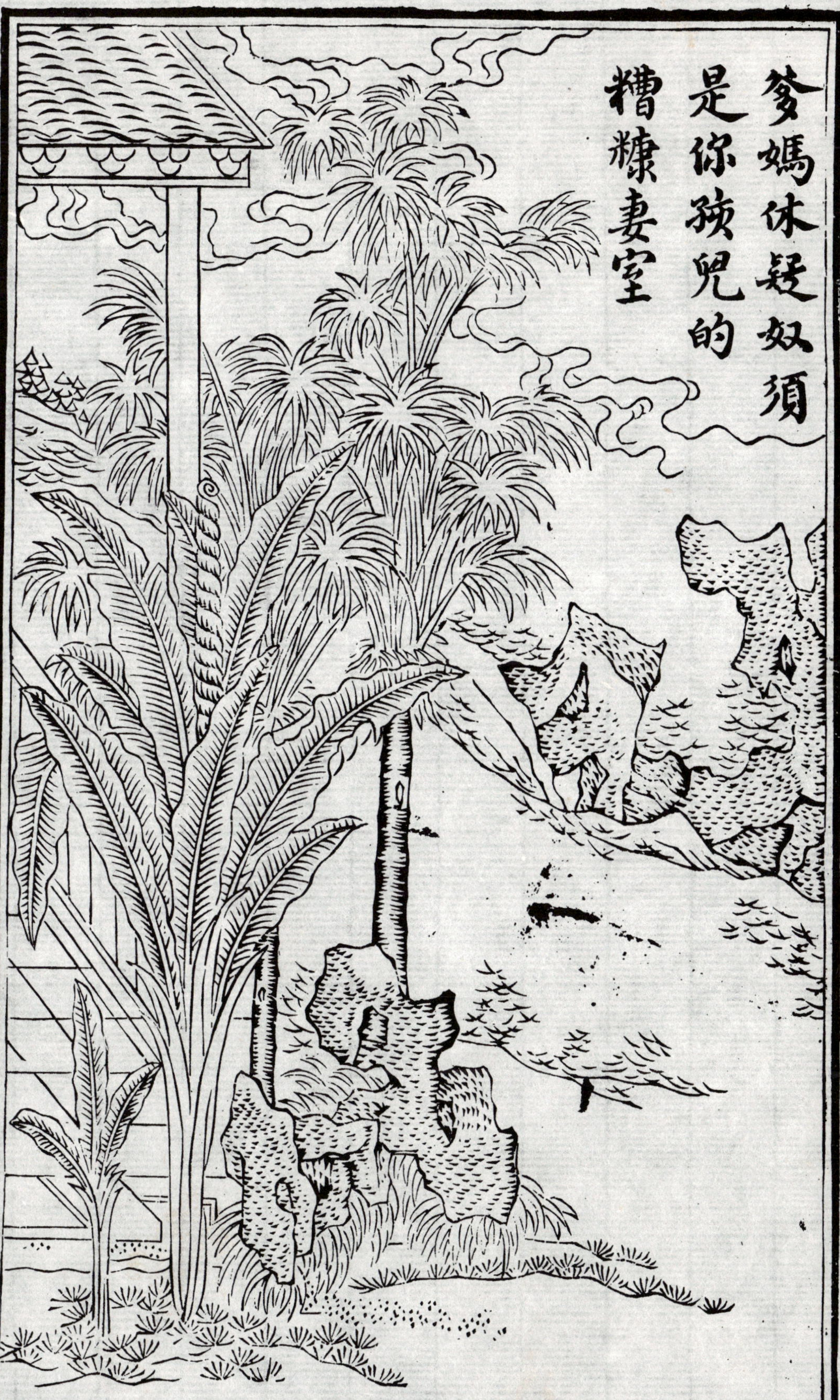
爹媽休疑奴須
是你孩兒的
糟糠妻室

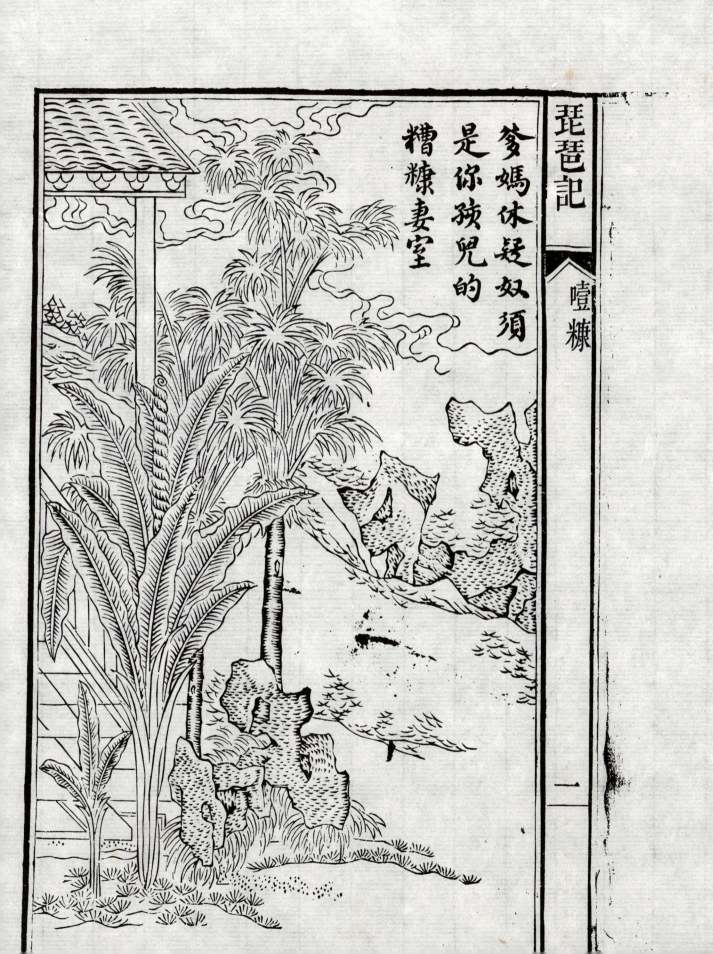

此曲俗把曲白删去竟將上文白曲揑成二句非是故把我待喫你呵教奴怎生喫載以工尺較正

孝順兒乃雙調集曲近將

噎糠【正旦照前喫飯扮上】

商調正曲【山坡羊】亂荒荒（讀）不豐稔的（作襯字妥）年歲（韻）遠迢迢（讀）不回來夫壻（韻）急煎煎（讀）不耐煩的二親（句）軟怯怯（讀）不濟事的孤巳（韻）（俗叶韻非）衣盡典（句）寸絲不掛體（韻）幾番拚死（俗作賣了非）了奴身巳（韻）爭奈主公婆（讀）教誰看取（押）（合）思之（叶）虛飄飄命怎期（韻）難捱（押）丕丕災共危（韻）

【前腔】滴溜溜（讀）難窮盡的珠淚（韻）亂紛紛（讀）難寬解的愁緒（押）骨崖崖（讀）難扶持的病體（韻）戰兢兢（讀）難捱過的時和歲（韻）糠我待不喫你呵教奴怎忍飢（韻）我待喫你呵教奴怎生（韻）思量到此不如奴先死（叶）圖得箇不知（讀）他親死時（叶）（合）

之（叶）虛飄飄命怎期（韻）難捱（押）實丕丕災共危（韻）

奴家早上安排些飯與公婆充飢豈不欲買些鮭菜爭奈錢可買不想婆婆抵死埋寃只道奴家在背地裏喫了甚東西不知奴奴家喫的是米膜糠粃（俗作細米非）嗄縱然埋寃殺我我也敢分說天嗄這糠粃怎生喫得下嗄苦嗄我若不喫熬不這般飢餒說不得只得喫些下去（塲左設椅矮櫈椅上擺鐘碗筋坐于矮櫈上左手將鐘倒茶右手將筋攪左手放拿碗作喫一口再喫作搶出左手扣胷科）哎呀苦嗄（又倒攬喫兩口大搶作嘔哭科）

雙調集曲【孝順兒】【孝順歌】首至六嘔得我肝腸痛珠淚垂（吐介）喉嚨尚兀

公婆廿首兼後二隻末句移高改低更覺失宮矣故注工尺証之

牢嗄住糠嗄你遭礱被舂杵〔拿碗立起走中〕篩你簸颺你喫

控持〔江兒水〕〔四至末〕好似奴家身狼狽千辛萬苦皆經歷苦人喫着

味兩苦相逢可知道欲吞不去

〔前腔〕〔孝順歌〕〔首至六〕糠和米本是相依倚被人簸颺作兩處飛一賤

一貴好似奴家與夫壻終無見期丈夫嗄你便是米呵〔江兒〕〔四至〕

米在他方沒尋處奴家恰便是糠怎的把糠來救得人飢餒

似兒夫出去怎的教奴供膳得公婆甘旨

〔前腔〕〔孝順歌〕〔首至六〕思量我生無益死又值甚的不如忍飢死了爲

鬼只是公婆老年紀靠奴家相依倚只得苟活片時〔副〕瞄上

轉招外上作聽介〔正旦〕〔江兒水〕〔四至末〕片時苟活雖容易到底日

也難相聚謾把糠來相比這糠尚兀自有人喫奴家的骨頭

他埋在何處〔副〕嗄俗作外亦云非媳婦你在此喫什麼好東西拿來大家喫

〔正旦〕哎呀婆婆嗄媳婦喫的東西〔外〕什麼東西〔正旦〕公婆

喫不得的嘘〔外副〕什麼東西你便喫得我們到喫不得〔正

公公婆婆嗄哪〔外〕什麼東西〔正旦〕

〔前腔〕〔孝順歌〕〔首至六〕這是穀中膜〔外副〕穀中膜是米了嗄〔正旦〕米上

〔外〕米上皮〔副〕是糠了嗄〔同云〕將來何用〔正旦〕將來餵饑堪

飢〔外副〕這是猪狗喫的人嚜那裏喫得〔正旦〕常聞古賢書狗

食人食〔外副〕我們不信〔正旦〕也强如草根樹皮〔外副〕恁的苦

東西怕不噎壞了你〔正旦〕〔江兒水〕〔四至末〕齧雪吞氊蘇卿猶健餐

曲音帶仄以像游聲

食栢到做得神仙侶（外副）大家喫些何妨（正旦）縱然喫些何

（副）阿老、休聽他說謊、（外）我也不信、（正旦）爹媽休疑、奴須是

孩兒的糟糠妻室（外副）拏來、（外似搶狀正旦藏碗于背後轉

至右上副搶着碗看科外副）嗄、果然是糠、哎呀孝順的媳（外副各大哭介）

嗄、（副）我錯埋寃你了、（外副）你喫了幾時了、（正旦）有半年了、

阿老、我和你做了一世夫妻不曾喫着糠、他做了兩月夫

到喫了半年了、（外）便是、（同云）我們大家喫些、（外副搶喫正

兩邊奪勸外噎跌左角地副噎右脚勾轉身揑碗迸直身

旦扶下急轉身看公公外左手抓喉睜目側困拄杖隨手

旦）公公醒來、公公醒來、（跪地叫）呀（立起唱）

正宮正曲（雁過沙）他沉沉向冥途、空教我耳邊呼、公公嗄、不能彀

心相奉侍、反教你爲我歸黃土、教人道你死緣何故、公公嗄、

生割捨拋棄了奴、（外作嘔出作醒正旦扶將杖豎外慢倚杖

起扶公公坐外踵頭腰硬兩脚抖（正旦）好了、謝天地、（外作

氣轉半醒其聲脫力唱）

（前腔）你擔飢事舅姑、（正旦作揉外胷背）（外）你擔飢怎生度、（正

公公且自寬懷、不要煩惱、（外）錯埋寃你也不推阻、到如今

信有糟糠婦、料應我不久歸陰府、媳婦、（正旦）公公、（外）也省得

我死的累你生的受苦、（正旦）公公坐定安息、待媳婦去看看

婆婆就來、嗄婆婆、婆婆、哎呀不好了嚯、（外暗說鬼話欲擡頭

不起嘆介〔正旦〕
前腔婆婆氣全無教奴怎支吾丈夫嗄、我千辛萬苦為你相
顧如今到此難回護我只愁母死難留父況衣衫盡解囊篋
無〔走至左邊附外耳低云〕公公、〔外〕半陰半陽短氣云之婆婆還好麽、〔正旦〕婆婆不
事了、〔外〕嗄、〔正旦〕婆婆是呌不醒了、〔外看右下哭〕嗄、哎呀阿自不能拭淚
嗄、〔正旦〕公公且免悲苦、〔外〕舌尖瘸念以種七分病根媳婦婆婆死了、衣衾棺槨、是件
無、如何是好、〔正旦〕公公寬心、待媳婦處置、請到裏邊將息、
扶我進去、正是青龍共白虎同行、〔正旦〕吉凶事全然未保、
阿婆嗄、〔正旦〕哎呀婆婆嗄、〔正旦扶外同哭下〕

賞荷

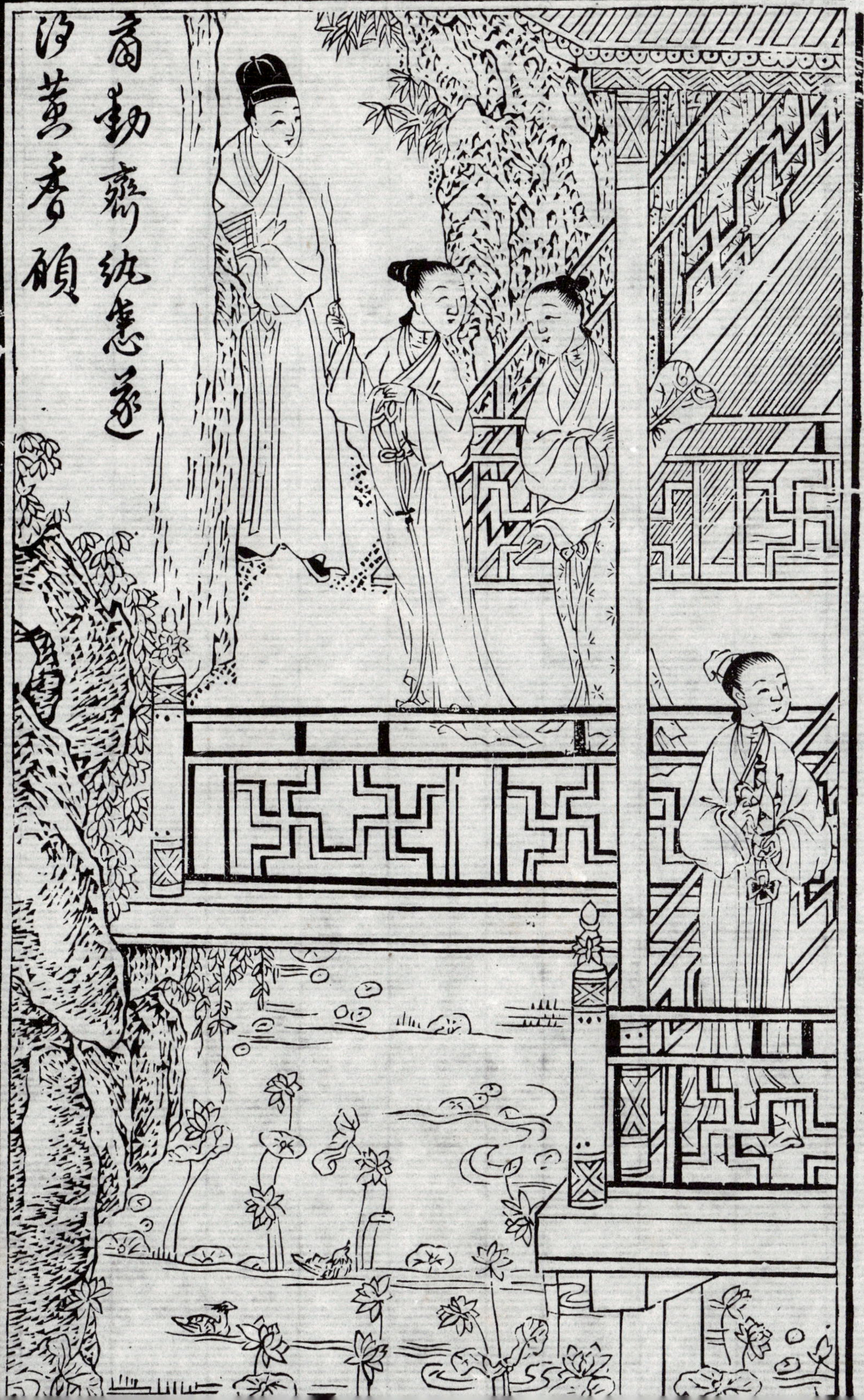
商勤齋紈扇逐
湧薰香頓

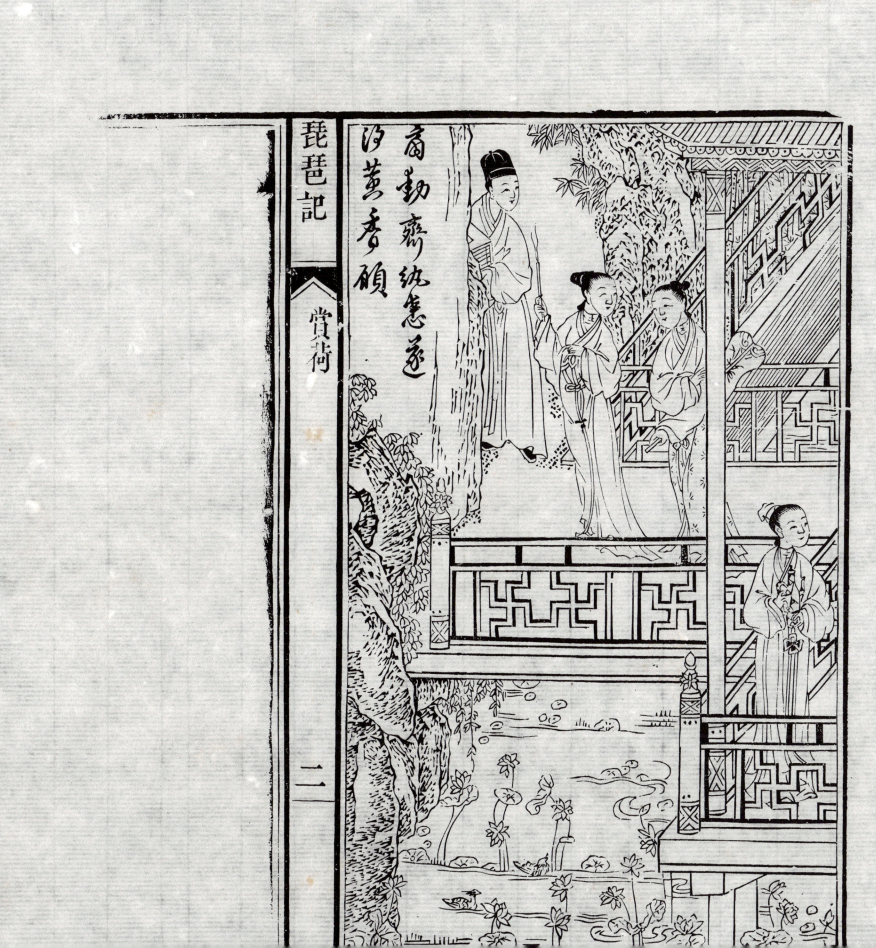

賞荷（小生紗帽披風上）

南呂宮引子【一枝花】閒庭槐影轉（陰亦可）深院荷香滿簾垂清晝永怎消十二欄杆無事閒凭遍悶來把湘簟展夢到家山（思親狀）又被翠竹風驚斷（正坐介）【南鄉子】翠竹影搖金、水殿簾櫳映碧陰、人靜長無箇事、沉吟、碧酒金罇懶去斟、○幽恨苦相尋、離別經沒信音、寒暑相催人易老、關心、却把閒愁付玉琴、○院子里、（末黑短鬍羅帽緞海青扮院子上）來了、黃卷看來消白朱絃動處引清風、炎蒸不到珠簾下、人在瑤池閬苑中、老有何分付、（小生）喚琴學二童、在象牙牀上、取焦尾紈扇出（末應）琴學二童、（丑副內應）儕勾、（末）老爺分付在象牙牀上、

焦尾紈扇出來（丑付抱琴執紈扇上）來哉、

南呂宮正曲【金錢花】自小承值書房、書房、書房快活、其實難當、難當、只打扇與燒香、荷亭畔、好乘涼、喫飽飯、上眠牀、老爺焦尾紈扇了、（小生）（俗將此白移在前）我在先得此材於爨下、斲（琢同）成此琴、即名焦尾、自來閒、久不整理、當此清涼、試操一曲、以舒悶懷、你三人、一箇香、一箇打扇、一箇整理書籍、各休謾誤、違者各打十三、（末付）曉得、（小生進桌操琴科）（末在左上角設桌將書籍整理付立侍小生側一燒香一打扇點景）（小生唱）

南呂宮正曲【懶畫眉】強對南薰奏虞絃、（坐亦可）只覺（微驚意）指下餘音不似前、（副香噴、（丑）儕香、（副）十里荷香、（小生）那些箇流水共高山、（丑）好

副 俻風、丑 兩袖清風、小生 （觸懷悲調）只見滿眼風波惡、似離別當年水仙、丑 好香嘎、副 俻香、丑 我里老爺衣錦還鄉、小生

前腔 頓覺（凄楚聲絃）餘音轉愁煩、似寡鵠孤鴻和斷猿、又如別鳳乍離呀、只見殺聲在絃中見、敢只是螳螂來捕蟬、副 好風嘎 丑 風 副 官上加封、小鑼應場介 末丑副 環珮聲響、（念可不云亦可）夫人出來

小生 你們廻避、末丑副應各指渾下 有福之人人伏侍、無之人伏侍人、同下 小旦披風上

南呂宮引子 滿江紅 嫩綠池塘梅雨歇、薫風乍轉、（初浴新妝式）瞥然見新涼華已飛乳燕、簟展湘波紈扇冷、歌傳金縷瓊巵暖、是炎蒸不到亭中、珠簾捲、見科 相公、小生 夫人、（面轉歡顔）小旦 原來在此操琴、小生 因無聊托此散悶 小旦 奴家久聞相公高于音樂、如何來此間、絲竹之聲杳然絕響、奴家斗膽、（有心語觸）請再操一曲、相公肯 小生 夫人（未解狀對）待要聽琴、彈什麽好、嘎、彈一曲雉朝飛何如 小旦 這是無妻之曲、不好、小生 嘎啐、彈箇孤鸞寡鵠何如 小旦 妻正團圓、說甚麽孤寡、小生 不然、彈一曲昭君怨罷、小旦 和你正和美、說甚麽宮怨、小生 如此彈什麽好、小旦 嘎、當夏景、只彈一箇風入松好、小生 這箇却是、（口是心非式）祗彈一別家鄉不用唱妥笙絃照舊式吹彈、小旦 相公彈差了、彈風入松麽、彈出思歸引來、小生 哎呀、果然差了、待我再彈、作想悲彈思親淚墻彈一句　絃宜用老絃彈其音似變其聲似

谷徹此斷佰牛氏之桂枝香曲既道是寡鵠孤鸞兩句便無着落矣

文有主腦曲有務頭此當着意留心唱演

（小旦）相公你又差了、（小生）哎呀啐啐啐、又彈出別鶴怨來、
（旦）微怒色嗄、敢是故意賣弄、欺侮奴家、（小生）急辯辭豈有此心、只是這絃
中用、（小旦）為甚不中用、（小生）轉折觸辭我只彈慣舊絃、這是新絃、却
着意不慣、（小旦）舊絃在那裏、（小生）搖首慢云已撇下多時了、（小旦）迫念為甚撇
（小生）只為有了看小旦顧強這新絃便撇了皺眉看外、那舊絃、（小旦）就裏未明帶相公何不撇
對新絃、用那舊絃、（小生）夫人、眞情我心裏豈不想那舊絃、只是這
絃又撇不下右手拍桌（小旦）你新絃既撇不下、還思量那舊絃怎的、小生低頭莫對
旦從此始疑想起來、只是你心不在焉、特地有許多說話、不悅式（小生）夫人、
仙呂宮正曲【桂枝香】舊絃已斷、俗作絕非新絃不慣、舊絃再上不能待、撇了
絃難拚、我一彈再鼓、一彈再鼓、又被宮商錯亂、（小旦）相公敢

琵琶記　賞荷　三

色你心變了、（小生）非干心變、借景支吾這般好涼天、正是此曲纔堪聽、
被風吹別調間、（小旦）相公
【前腔】非彈不慣、只是你意慵心懶、既道是寡鵠孤鸞、又道是
君宮怨、（小生含憂強笑介）（小旦）那更思歸別鶴、思歸別鶴無
愁嘆、（思科一笑猜之）嗄、俗無此三字相公有何難見、（小生）咳夫人、我不想
人、（小旦）正色介既不然、你道是除了知音聽、道我不是知音不與
（小生）我那有此意、（小旦）這箇也由你、（衆扮四院子四侍女
酒壺杯盤上）
南呂宮正曲【燒夜香】樓臺倒影入池塘、綠樹陰濃夏日正長、一架
蘼滿院香、泛霞觴、捲起簾兒明月正上、（小旦）看酒、（侍女）有酒、

此二曲如內班合小旦小生唱衆接合妥

旦

南呂宮集曲 梁州新郎（首至合梁州序） 新篁池閣（小旦小生定席科） 合唱 槐

庭院日永紅塵隔斷碧欄杆外寒飛漱玉清泉只覺香肌無

素質生風小簟琅玕展晝長人困也好清閒忽被棋聲驚晝

賀新郎（合至末） 生 金縷唱碧筒勸向冰山雪巘排佳宴清世界幾人見

前腔（梁州序首至合） 出位搧扇 薔薇簾箔荷花池館 小旦亦隨之 一陣風來香滿湘簾日永 俗作數非

銷寶篆沉烟謾有枕欹寒玉 小旦 惜春打扇 丑應搧科 小生

動齊紈 悲科背介 怎遂得黃香願 小旦 相公為何掉下淚來

生 急揉目轉介 非淚也猛然心地熱透香汗 帶拭汗淚 小旦疑式應 小生 我欲向

勉為喬醉科 窗一醉眠 合唱 合前 小旦

前腔又一體（梁州序首至合） 移搨桌對面坐 向晚來雨過南軒見池面紅粧零亂聽輕 俗作漸非

隱隱雨收雲散但覺 俗作聞得非 荷香十里新月一鈎此景佳無限蘭

初浴罷晚粧殘深院黃昏懶去眠 合唱 合前 小生

前腔（梁州序首至合） 柳陰中忽噪新蟬見流螢飛來庭院聽菱歌何

畫船歸晚只見玉繩低度朱戶無聲此景尤堪戀起來攜素

俗增不覺二字非 鬢雲亂月照紗㡡人未眠 合前 內吹打小生小旦離席卸披

八字椅朝外散坐侍女獻茶飲茶介 合唱

南呂宮正曲 節節高 拶上聲 漣漪戲綵鴛把露荷翻清香瀉下瓊珠濺香

扇芳沼邊閒亭畔坐來不覺神清健蓬萊閬苑何足羨 合 只

西風又驚秋，暗中不覺流年換。

前腔 清宵思爽然，好凉天瑤臺月下，清虛殿神仙眷，開玳筵歡宴，任教玉漏催銀箭，水晶宮裏把笙歌按。合前 小生小旦起合唱

餘文 光陰迅速如飛電，好良宵可惜漸闌，拚取歡娛歌笑喧。

作三鼓介 小生問科 幾鼓了、院子 三鼓了、小旦 相公、歡娛休問夜如何、小生 此景良宵能幾多 俗作何非

院子 遇飲酒時須飲酒、侍女 得高歌處且高歌、侍女隨下 院子從外下

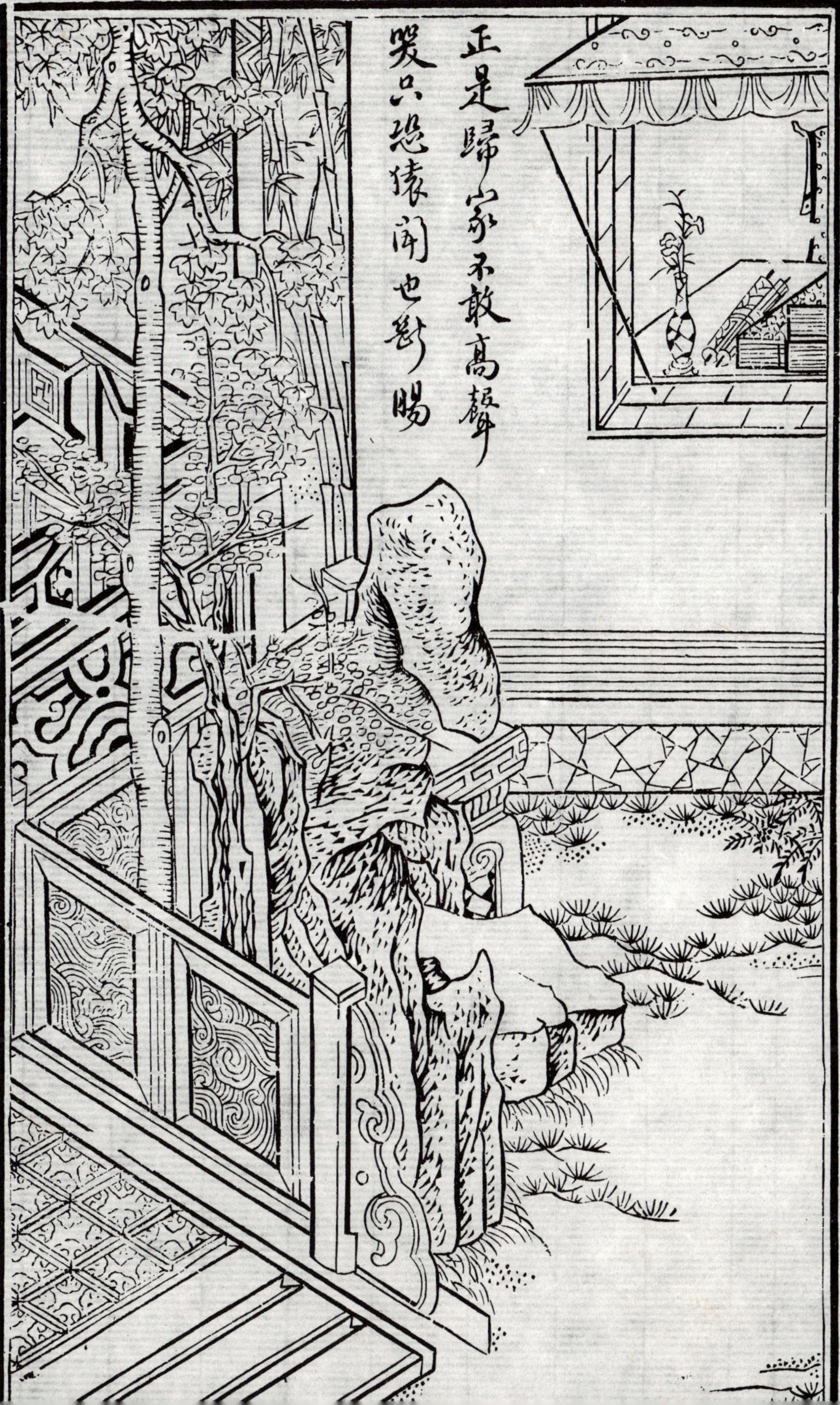
正是歸家不敢高聲
哭只恐猿聞也斷腸

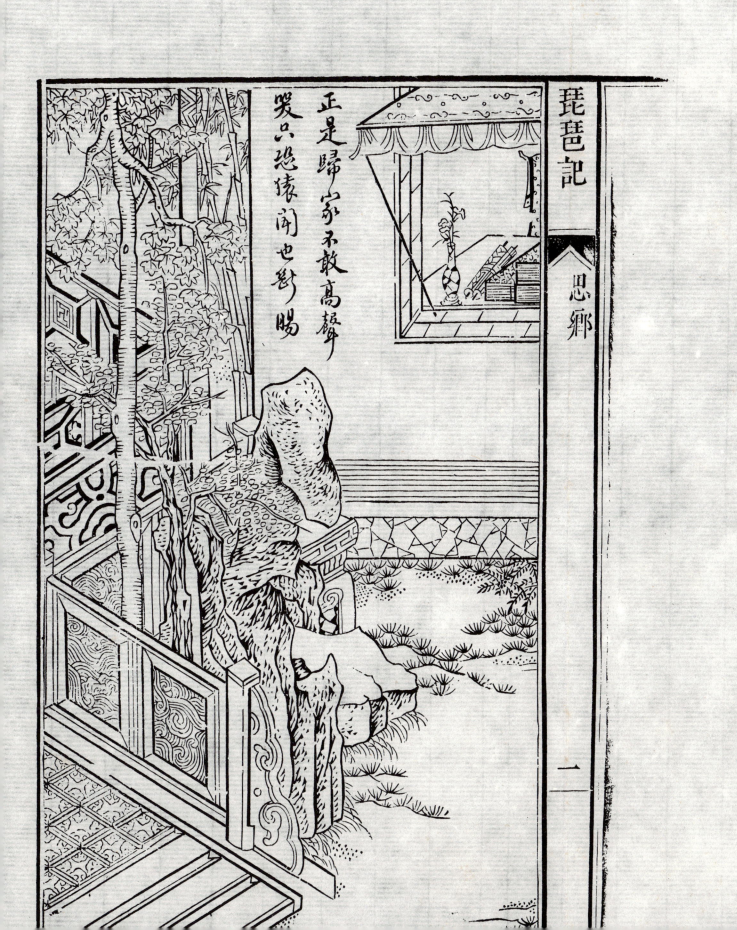

教習者教授特習於已即此雁魚錦集曲一套其中紅腰板最多未免黜其紅

思鄉〔小生淺色青花上 袖扇上〕

〔正宮引子〕喜遷鶯 終朝思想但恨在眉頭低眉念意人在心上鳳侶添愁魚仰面慮色

絕寄空勞兩處相望青鏡瘦顏羞照寶瑟清音絕響歸夢杳

屏山烟樹精神眺遠那是家鄉鼻涕心悲〔正坐科〕〔踏莎行〕怨極愁多歌慵笑懶只

添箇鴛鴦伴他鄉遊子不能歸高堂父母無人管○湘浦

況衡陽雁斷音書要寄無方便人生光景幾多時咳蹉跎

却平生願 思式先靜其心或側首或低眉或仰視天或垂看地心神並定則得之矣 清鼓二記一板音樂徐出

〔正宮集曲〕〔雁魚錦〕〔雁過聲首至二〕思量那日離故鄉記臨岐送別多惆悵

〔天三至四〕攜手共搖頭嘆那人不厮放教他好看承我爹娘〔攤破地錦花第四句〕料對右嘆

們應不會遺忘〔雁獅第六句〕預驚式天闊知幾與荒〔雁過沙末二句〕只怕他憂愁式捱不過

月難存養立起似望若望不見信音苦容攤手跌足却把誰倚仗〔定神思之〕

二段〔雁過聲首二句〕思量幼讀文章走至右上角坐椅介〔漁家傲第四句〕論事親為子在袖出扇開做也須要成

樣〔雁過聲六至七〕真情未講怎知道喫盡多魔障〔漁家燈第三句〕側恭下場被親強來

圍選場〔山漁燈第三句〕恭上場被君強官為議郎落下介〔一機錦第五句〕被婚強效鸞凰〔錦纏第四

三被直訴式強衷腸事說與誰行〔山漁燈第七句〕攤手拍腿埋怨難禁這兩廂立起走介〔雁過聲末二句〕

指左下角收介壁廂道咱是箇不撑達害羞的喬相識右手捏扇指右下角那壁廂道咱收介是箇不

親負心的薄倖郎怨恨聲跌足〔苦意悲思〕

三段〔雁過聲首二句〕悲傷拭淚介鷺序走右角坐椅鴛行〔漁家傲四至五〕怎如那慈烏比譜式反哺能終

謾把金章綰着紫綬〔山漁燈第二句〕試問斑把扇攤式衣今在何方〔雁獅第六句〕天斑

搖首罷講錦海棠立起指下縱然歸去猶恐怕悲音激切帶麻執杖〔雁過聲末二句〕借板與天字阿呀輕嘆悠揚天噴

黑必須究其格式書出所犯幾句庶能教習得法

如演全本念此後白

(爲那(雙手反搭看天怨科)雲梯月殿多勞攘落得淚(右手提扇指目)雨如珠兩鬢霜(右指鬢)將扇放袖介

四段(喜漁燈首一句)幾回夢裏忽聞雞唱(山漁燈二至三)忙驚覺(俗作去非)錯呼舊婦

問寢堂上(錦纏道八至九)待朦朧覺來(作醒揩目看介)依然新人鸞幃鳳衾和象牀

傲第怎不怨香愁玉無心緒(漁家燈三至四)(怒怨色科)更思想被他攔擋教我(泣科)

四句

不悲傷(雁過聲末二句)俺這裏歡娛夜宿(雙手指左下)芙蓉帳他那裏(右手指右下)寂寞偏嫌

漏長

五段(錦纏道首至七)謾悒怏(慢蹼躊躕)把歡娛翻成做悶腸萩水既清涼我何(攤)

貪着美酒肥羊悶(俗作悶非)殺人花燭洞房愁殺我掛名在金榜魁地

自思量(雁過聲末二句)正是(俗作在非)歸家不敢高聲哭只恐猿(俗作八非)聞也斷腸(心酸淚滴拭淚而)院

那里(末上)有問即對無問不答老爺有何分付(生)院子你

我心腹之人我有一事與你商議不可走了我的言語(末)

人怎敢(生)我自從離了父母妻室來此赴選不擬一擢高

拜授當職將謂數月之後可作歸計誰知又被牛太師招

門壻一向逗遛在此不能還家見父母一面故此要和你

量箇計策(末)老爺自古道不鑽不穴不道不知小人每常

老爺憂悶不樂不知這箇就裏老爺何不對夫人說知(生)

夫人雖則賢慧爭奈老相公之勢炙手可熱待說與夫人

道一霎時老相公得知只道我去了不來如何肯放我去

如姑且隱忍和夫人都瞞了且待任滿尋箇歸計(末)這話

是老相公若還知道如何肯放老爺回去(生)院子我如今

寄家書回去沒箇方便欲待使人逕去又恐老相公知道

與我到街坊上去打聽、倘有我鄉裏人來此做買賣、待我

一封書回去（末）曉得小人謹領、

（小生）終朝長相憶　（末）尋便寄書尺

（合）眼望旌捷旗　耳聽好消息（小生內　下末外

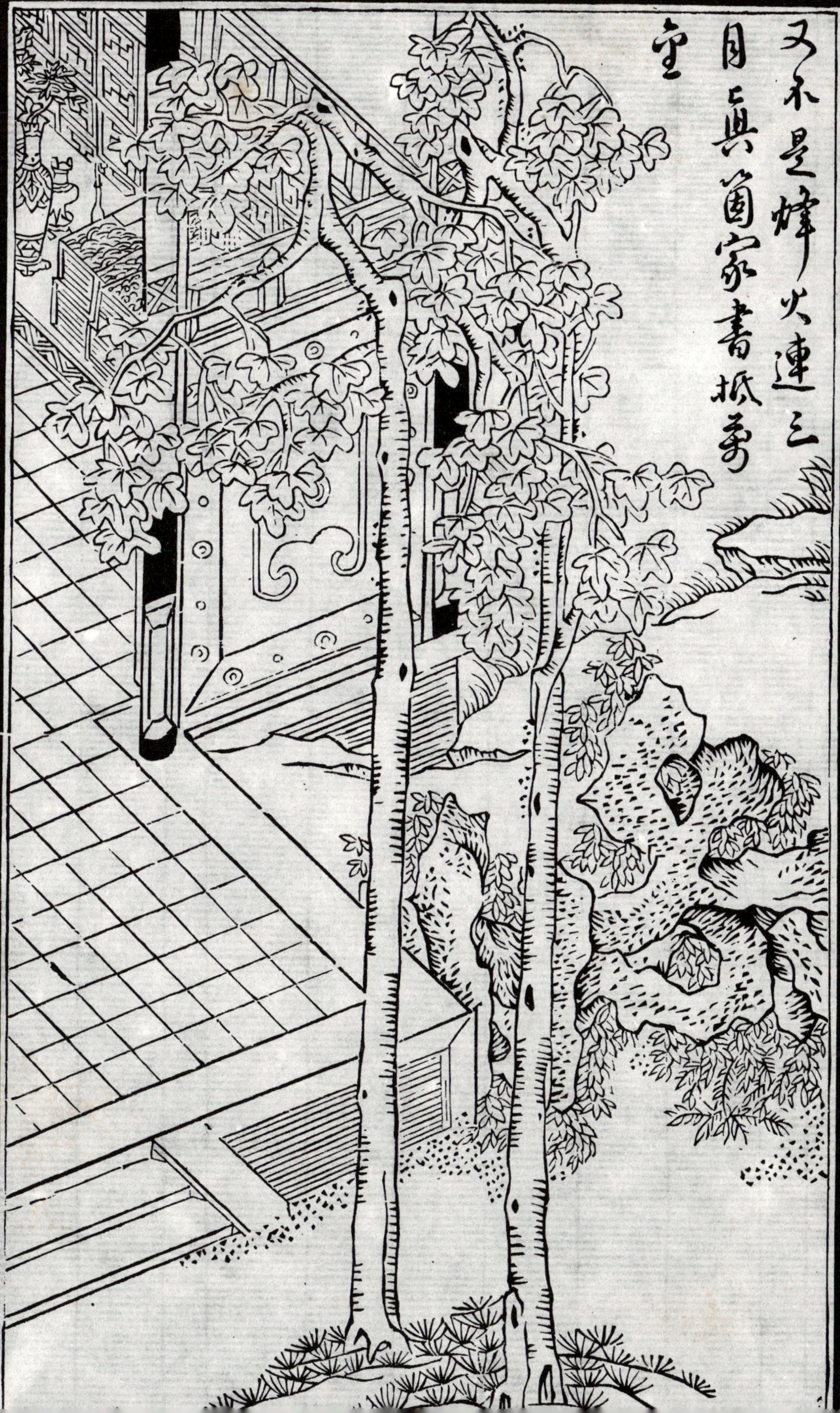
又不是烽火連三
月真箇家書抵萬
金

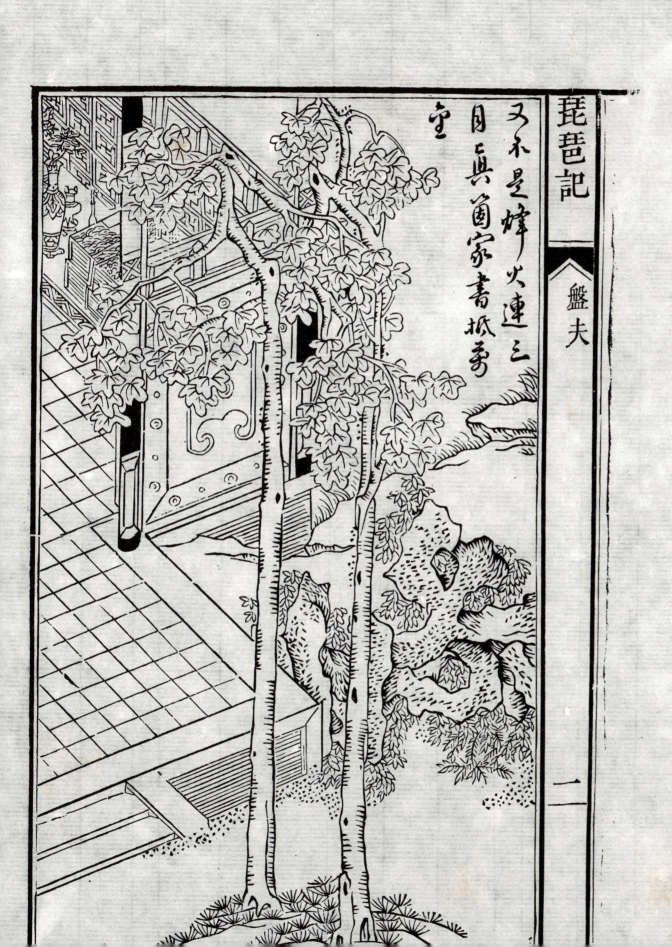

盤夫（小生紗帽披風不得帶扇上）

中呂宮引子（菊花新）（虛色）封書遠寄到親闈、又見關河朔雁飛、梧葉滿（看徧）

除、爭似我悶懷堆積、（正坐）（生查子）封書寄遠人、寄上萬里親、

去神亦去、（心神齊往、顧手雙鬆）兀然空一身、下官喜得家書報道平安、已曾修

附回家去、不知何如、這幾日常懷想念、翻成愁悶、正是雖

千丈線、萬里繫人心、（低頭思念式）（小旦披風上）

南呂宮引子（意難忘）綠鬢仙郎、懶拈花弄柳、勸酒持觴、看輦知有

（小生）咳（小旦）相公（小生見小旦立起各見禮介）（小旦）何事

相防（小生）夫人些箇事惱人腸（小旦）相公試說與何妨（小生）

怕你尋消問息、（嗅鼻介）添我恓惶（對面坐科）（小旦）相公古人

輩有爲輦、笑有爲笑、是以君子（俗作古之非）當食不嗟、臨樂不嘆、無事

戚謂之不祥、相公你自來我家、不明不暗、如醉如癡、鎮日

悶、爲着甚的、你還少了喫的呢、少了穿的、（小生）咳、（作搖首

頭）（小旦）

南呂宮正曲（紅衲襖）你喫的是煮猩唇、和那燒豹胎、你穿的是紫

襴、繫的是白玉帶、（俗作黃金非）你出入呵、我只見五花頭踏、在你馬前擺

簷傘兒、在你頭上蓋、（小生嗐嘆介）（小旦）相公、你休怪奴家說

生看小旦介）（小旦）你本是草廬中一秀才、（小生點頭介）（小

如今做了漢朝中梁棟材、（小生顧衣响嘆科）（小旦）你有甚不

只管鎖了眉頭也、唧唧噥噥不放懷、（小生

前腔我穿的紫羅襴、到拘束得我不自在、我穿的是皂朝靴、
敢胡去踹、口兒裏喫幾口慌張張、要辦事的忙茶飯、手兒裏
着箇戰兢兢、怕犯法的（小旦作何苦如此狀對）愁酒盃、到不如嚴子陵登釣臺、（俗作怕做了非）怎做
楊子雲閣上災、（小旦强笑科）（小生）似我這般爲官呵、只管待
隨朝、可不悮了秋月春花也、（小旦勉得首介）（俗增枉字非）干碌碌頭、又（俗無早字非）早白、（小旦微笑科）
公我知道了、（小生似問式）（小旦）
前腔莫不是丈人行性氣乖、（小生聽對小旦欲答又忍作吞
介（小旦）莫不是妾跟前缺管待、（小生搖頭）咳、咳、咳、（小旦）莫
是畫堂中少了三千客、（小生）嗄不是、（小旦）莫不是繡屏前少
十二釵、（小生）越發不是了、（小旦）這意兒教人怎猜、這話兒教

琵琶記　盤夫　二

怎解、（作冷思笑科）相公、今番猜着你了、（拿穩狀）（小生）呀、夫人猜着了、（認定式）
旦呟、敢只是楚館秦樓有箇得意人兒也、（小生搖手搖頭
介（小旦）悶懨懨常掛懷、（小生）夫人嗄
前腔有箇人人（俗作兒非）在天一涯、（小旦）嗄、猜有意思介（小生）我不能
見他、只落得臉銷紅眉鎖黛、（小旦）（竟像道着狀）我道甚來、（小生）我本是
秋宋玉無聊賴、有甚心情去戀着閒楚臺、（小旦）相公你有什
事明說與奴家知道、（小生）三分話兒只恁猜、一片心兒直
解、（小旦皺眉急言科）相公有話、如何不對我說、（小生）咳夫人、
休纏得我無言若還提起、那（傷心墮淚介）籌兒也、哎呀撲簌簌淚滿腮、（小
相公我若不解勸你、又只管愁悶我待問着你、又遮瞞我、

也没奈何〔立起云〕罷罷、夫妻何事苦相防、莫把閒愁積寸
〔小生〕各人自掃門前雪、莫管他家瓦上霜、（俗小旦云此句非）〔小旦轉身作指
生云〕也由你〔憂怒式虛下〕〔小生看小旦下然後云〕天嗄自（立正）
道、難將我語和他語、未卜他心似我心、（俗作必非）〔小旦暗上聽介〕切
遲上〔小生〕自家娶妻兩月、別親數年、朝夕思想、翻成愁悶、
這新娶的媳婦、雖則賢惠、我待將此事和他說、他也肯教（小旦驚喜式）
回去、只是他爹爹、若知我有媳婦在家、如何肯放我回去（小旦掩口笑點頭介）
如姑且隱忍、改日求一鄉郡除授、（俗刪二字非）那時却回去見我雙親
了、咳、夫人嗄、夫人、非是隄防你太深、只緣伊父苦相禁、正
夫妻且說三分話、〔小旦右手拍小生肩作嚙面式叫〕相公、

生回看、即笑躲狀、雙手搭椅背、搖頭、右手遮面、含羞自云
呀、夫人在此、咳、咳、〔小旦〕那些箇未可全拋一片心、（正顏介）好嗄、你
我也由你、只是你爹娘和媳婦、（重念着眼）嗟怨你哩、〔小生〕哎呀（對小旦跌足）〔淚似
噴大哭介〕〔小旦〕
雙調集曲〔江頭金桂〕〔五馬江兒水首至五〕惟得你、（走近對生）終朝攧窨、〔小生看小旦即
身云〕（帶泣介）夫人請坐、〔仍對面坐科〕〔小旦〕只道你、緣何愁悶深、（小生舒嘆介）教
猜着啞謎、爲你沉吟、那籌兒沒處尋、〔小生欲辯又忍科〕〔小旦
令五至九〕我和你、（低聲近前介）共枕同衾、你瞞我則甚、你自撇了爹娘媳婦屢
光陰、他那裏須怨着你沒信音、〔小生惟認錯介〕〔小旦〕〔桂枝香七至末〕
伊家短行、無情忒甚、到如今、（儘力數落）兀自道、且說三分話、〔小生愧慚

〔小旦〕未可全拋一片心、〔作怒不理式〕〔小生〕

前腔〔五馬江兒水首至五〕非是我聲吞氣忍、只爲你爹行勢逼臨、怕他（小旦作消忿對面）我要歸去、將人厮（入聲非）禁、我要說又將口噤、〔金字令五至九〕我待解朝簪、圖鄉任、他不隄防着我、須遣我到家林、和你雙雙兩人歸書

〔桂枝香七至末〕哎呀天嗄、（嘆）雙親老景存亡未審、〔小旦〕這幾時可曾書去、〔小生〕我實不瞞你、前日曾附書回去、〔小旦〕可有回音、（捷問）〔生一頓〕咳只怕、雁杳魚沉、又不是烽火連三月、眞箇家書萬金〔小旦〕原來如此、我去對爹爹說和你一同回去、省親便〔立起〕〔小生〕（急阻狀介）你爹爹如何肯放我回去、你且休說破了、（畢須要念下齣安根）〔小旦〕妨、我爹爹身爲太師、風化所關、具瞻在望、（俗作觀瞻所係非）終不然恁的不仁義、〔小生〕若不濟事可不干枉了〔小旦〕我自有道理、

〔小旦〕雪隱鷺鷥飛始見　柳藏鸚鵡語方知

〔小生〕假饒染就干紅色　也被傍人講是非（俗作免非）

〔小旦〕講甚是非我去說時不由我爹爹不從、〔小生〕如此全仗夫人〔小旦〕在我身上、〔小生〕嗄哈哈多謝夫人、（大笑）〔雙手搭小旦點頭〕阿呀哈哈全仗夫人了、〔雙手推小旦背小旦作歡顏頭同下〕

賢遘

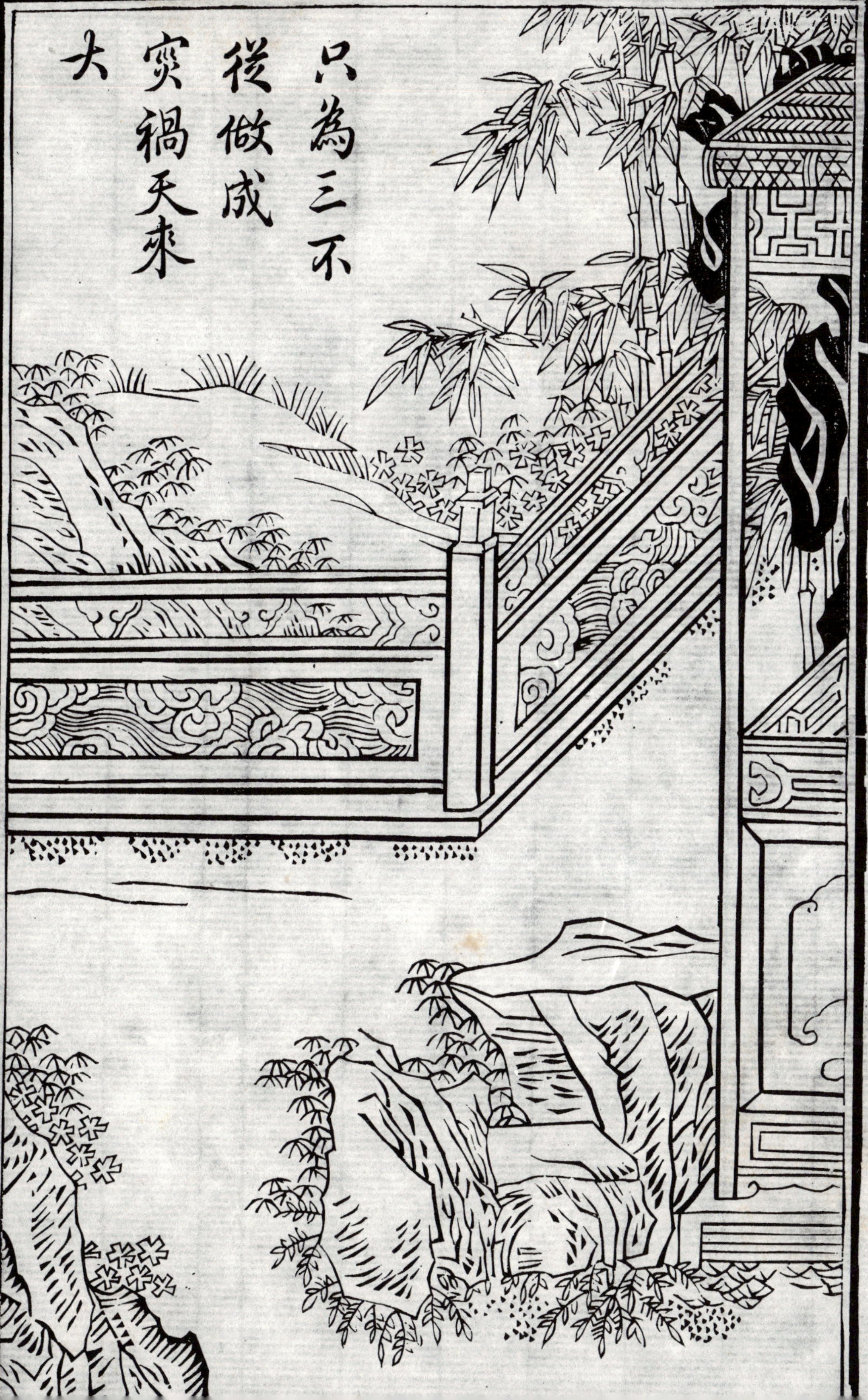
只為三不
從做成
災禍天來
大

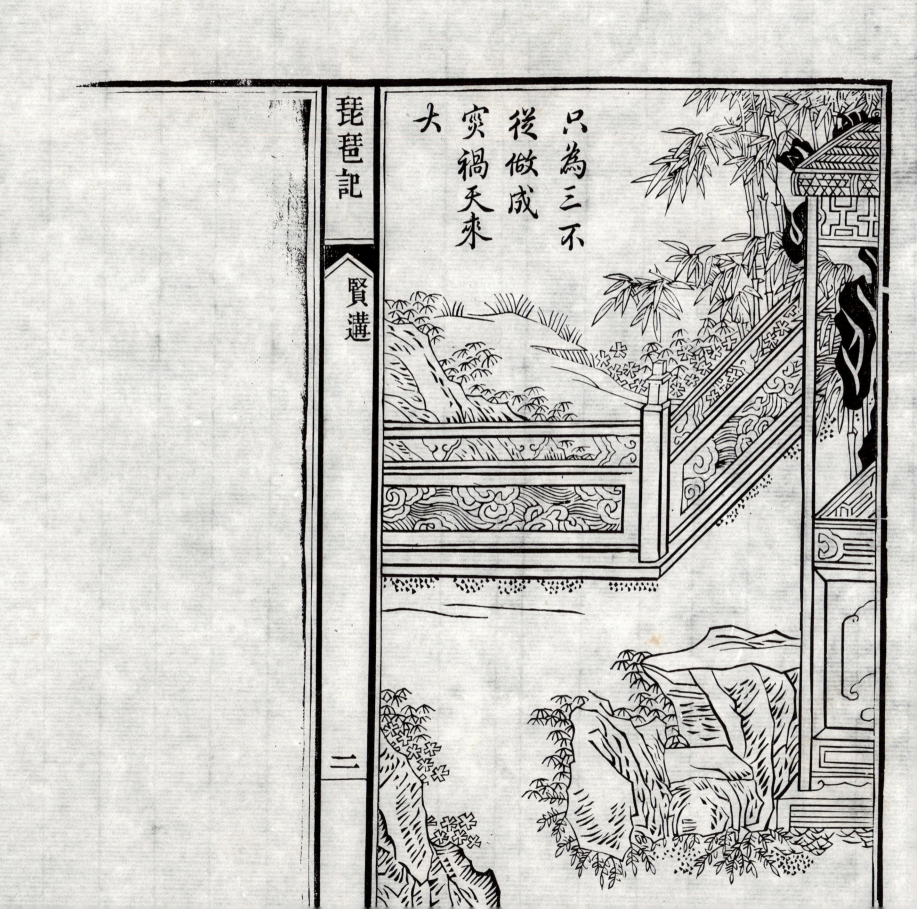

莫作道姑樣式還須趙氏形爲

此三句引子必須要唱借

賢遘〔小旦扮風上〕商調引子〔十二時〕心事無靠托這幾日反（俗作番非）成悶也〔父意方回夫愁可、未卜程途裏的如何、教我怎生放下〕〔正坐科〕不如意事常九、可與人言無二三、奴家自嫁蔡伯喈之後、見他常懷憂我再三去問他、他又不說、比及奴家知道、去對爹爹說、要他回去、奉事雙親、誰知爹爹不肯、被我道了幾句、幸喜爹回轉、已差人去、接取他爹娘媳婦來此同住、倘公婆早晚來、不免着院子去尋幾箇精細婦人、與他使喚方好、院子裏、〔末白鬚扮院子應上〕來了、書當快意讀易盡、客有可人不來、世上幾多能稱意、光陰何用苦相催、夫人有何使令、

〔旦〕着你到街坊上去、尋幾箇精細婦人來使喚、〔末應作出科〕〔正旦道姑打扮手執拂塵背包裹上〕〔遶地遊〕風餐水臥、甚日能安妥、問天天怎生結果、我一路問說此是牛府、那邊有箇府幹哥哥在彼、不免上前去、府幹哥首、〔末還禮云〕道姑何來、〔正旦〕貧道遠方人氏、〔末〕到此何幹、〔旦〕聞知夫人好善、特來抄化、〔末〕嗄你住着待我說一聲、〔正〔應末進內科〕啓夫人、精細婦人到沒有、有箇遠方道姑、聞夫人好善、特來抄化、〔小旦〕喚他進來、〔末〕曉得、〔又作出門科〕姑呢、〔正旦〕府幹哥、〔末〕夫人着你進去、〔正旦〕阿呀有勞、〔末〕隨進來、〔作引進內云〕道姑來了、〔小旦作見正旦科〕梳粧淡雅

牛氏口中描
出五娘儀表

〔旦〕待我放了包裹、〔小旦〕看丰姿**堪描堪畫**、〔末〕來、見了夫人、〔
〔旦〕應〕夫人稽首、（作上下細看介）〔小旦〕**是何人遠來問咱**、道姑何來、〔正旦〕遠
人氏、特來府中抄化、〔小旦〕你有甚本事、來此抄化、〔正旦〕貧
不敢誇口、大則、琴棋書畫、小則、鍼指女工、次則飲食餚饌、
諳一二、〔小旦〕道姑、你既有這等本事、在街坊上抄化也生
何似在我府中、喫些安樂茶飯、如何、〔正旦〕若得如此、感恩
淺、只怕貧道沒福、無可稱夫人之意、〔小旦〕好說、嗄道姑、我
問你、你是從幼出家的麼、〔正旦〕不瞞夫人說、貧道是在嫁
家的、〔小旦〕嗄院子、他說在嫁出家、是有丈夫的了、難以收
多打發他些齋糧、教他到別處去罷、〔末〕曉得道姑夫人說·

是有丈夫的府中難以收留、着我多打發些齋糧、教你到
處去抄化罷、〔正旦〕嗄、哎呀天嗄、我不合說了有丈夫的、嗄、
人、貧道非因抄化而來、特來尋取丈夫、〔小旦〕原來如此、何
早說你丈夫姓甚名誰、〔正旦〕嗄〔欲言又止式〕且住、夫人問
丈夫姓名、若直說出來、恐夫人嗔怪、若不說明此事、又終
隱忍、我如今且把蔡伯喈三字拆開、與他說、看他如何、嗄、
人、我丈夫姓祭、名白諧、人人說在牛府中廊下住、敢是夫
也知道麼、〔小旦〕我那裏知道、院子、你管各廊房、可有姓祭
白諧的麼、〔末〕小人掌管各廊房、並沒有姓祭名白諧的、〔小
道姑、我這裏沒有你到別處去尋、休得擔悞了你、〔正旦〕天

俗作背念非

人人道我丈夫在貴府廊下住，如今說沒有。嗄，莫不是死
故意略背悲怨要使牛氏哀憐
嗄，丈夫嗄，你若死了，教我倚靠何人。〔小旦〕咳，可憐，嗄道姑，
且不須愁煩，權住在我府中，待我着院子到街坊上訪問
丈夫蹤蹟，意下如何。〔正旦〕若得如此，再造之恩。〔小旦〕只是
件，你在我府中，休要恁般打扮，我與你換了這衣粧。〔正旦〕
道不敢換。〔小旦〕爲何。〔正旦〕貧道有一十二年大孝在身，所
不敢換。〔小旦〕大孝不過三年，那有一十二年。〔正旦〕嗄嗄，貧
公公死了三年，婆婆死了三年。〔小旦〕也只得六年嗄。〔正旦〕
倖兒夫久留都下，一竟不囘，替他帶六年，共成一十二年。
〔旦〕咳，有這等行孝的婦人。嗄道姑，雖則如此，爭奈我家老

公最嫌人這般打扮，你可換些素縞罷。〔正旦〕勉依夫人尊
〔小旦〕院子，喚惜春，取粧奩衣服出來。〔末〕曉得，惜春姐，取粧
衣服出來。〔下〕〔丑應盤設金雀花朵丫髻梳子杯刷等物捧
來了，寶劒賣與烈士，紅粉贈與佳人，向小旦云粧奩衣服有了。〔小旦〕
向正旦云且對鏡改粧則箇。〔正旦應走過云〕如何是好。〔小旦〕惜春好
伏侍。〔丑〕曉得。〔正旦〕嗄，鏡兒鏡兒，我自從嫁至夫家，只有兩
梳粧，這幾時不曾照你，哎呀，原來這般消瘦了。〔哭介〕〔小旦〕
免愁煩。〔丑與正旦除雲巾科〕〔正旦〕
商調正曲〔二郎神〕容瀟灑照孤鸞，嘆菱花剖破，記翠鈿羅襦當日
誰知他去後，釵荊裙布無些。〔小旦〕你不換衣服，且戴這釵兒，

戴子金雀、（遞與正旦科）（正旦）這金雀釵頭雙鳳朶、（小旦）戴
何妨、（正旦）夫人、我若戴了此釵呵、可不羞殺人形孤影寡
旦）既不戴釵兒、且簪些花朶、（丑執花云）戴子花罷、（正旦）說
麼、簪花、（戴髻起身脫道姑衣丑收盤郎下）（正旦）捻牡丹教人
着嫦娥、（福介）（小旦）
前腔（換頭）嗟呀、他（俗作正旦對下場非）心憂貌苦眞情怎假、（正旦酸鼻悲狀）（小旦）只
着公婆珠淚墮、道姑、（正旦）夫人、（小旦）我公婆自有不能彀承
盃茶、（正旦）嗄、（小旦）你比我沒箇公婆承奉呵、不枉了教人做
靶（點頭微信式）道姑、你公婆爲甚的雙雙命掩黃沙、（正旦）夫人嗄、
囀林鶯 爲荒年萬般遭坎坷、（小旦）你丈夫呢、（正旦）丈夫又在

華、（小旦）嗄、既不在家、甘旨（緊問）何人承奉、（正旦）我把糟糠暗喫擔
餓、（小旦）咳、可憐、（正旦）公婆死、（小旦）哎呀、你（速訊）便如何處置、（正旦）
頭髮（俗作賣了非）去埋他、（小旦）嗄、咳、難得、（正旦）把孤墳自造、（小旦）不信有（似信似疑）
等事、（正旦）運土泥盡是我（愈急介）麻裙包裹、（小旦）這（不信狀）道姑好誇口、（
旦）也非誇、（小旦）我（搖首介）却不信、（正旦）夫人嗄、你若不信、阿呀哪、（雙手呈出介）
看我（細看悲科）手指傷血痕尚染（拭淚帶哭介）衣麻、（小旦）
前腔 愁人見說愁轉多、使我（各揩淚介）珠淚如麻、（正旦）夫人、爲何（試問式）淚下、（
旦）我丈夫亦久別雙親下、（正旦）他爲何不回去、（小旦）他要
官 被我爹蹉跎、（正旦）嗄、他家中有妻麼、（小旦）他妻雖有麼、（正
嗄、咳、（小旦）怕不似您會看承爹媽、（正旦）他爹媽如今在那

〔小旦〕在天涯〔正旦〕夫人嗄何不取來同居一處〔小旦〕教人

誰知他在路上如何〔正旦〕

【黃鐘宮集曲】啄木鸝〔啄木兒首至末〕聽言語（觸意傷心介）教我悽愴多料想他們（背科）也非

假夫人、他那裏既有妻房取將來怕不相和〔小旦〕道姑、但得

似你能掗靶〔正旦〕夫人便怎麽、〔小旦〕我情願讓（俗作侍非）他居他下、〔正

嗄、〔小旦〕〔黃鶯兒合至末〕只愁他程途上苦辛教人望巴巴〔正旦〕呀、

前腔〔啄木兒首至合〕錯中錯（背悔介）訛上訛啐、只管在鬼門前空占卦夫人

要識蔡伯喈的妻房〔小旦〕阿呀、他在那裏、〔正旦〕夫人果然要（俗作遠不遠千里便像小

他（語非）〔小旦〕果然、〔正旦〕夫人、嗄、奴家便是無差〔小旦〕立起介呀、

果然是他（俗作你非）非謊詐〔正旦〕奴家怎敢誑言、〔小旦〕（雙手攙介）姐姐嗄、你原來

我喫折挫〔黃鶯兒合至末〕爲我受波查教伊怨我教我怨爹爹〔作跪

旦介〔正旦〕忙扶介夫人請起、何出此言、〔小旦〕姐姐請上坐、

奴家見禮、〔正旦〕賤妾怎敢、也有一拜、〔小旦〕

【商調正曲】金衣公子和你一樣做渾家我安然你受禍你名爲孝

我被傍人罵〔正旦〕嗄、傍人罵（俗作怎敢罵夫人非）你甚來、〔小旦〕公死爲我婆死爲

我情願把你孝衣穿着把濃粧罷〔合〕〔同唱〕事多磨寃家（俗作相逢非）到此

不得這波查〔正旦〕

前腔他當原也是沒奈何被強來赴選科辭爹不肯聽他話

〔旦〕姐姐、他在這裏、豈不要回去、爭奈（俗作他爲非）辭官不可辭婚不可

〔旦〕嗄嗄、〔小旦〕只爲三不從做成災禍天來大〔合前〕

〔正旦〕無限心中不平事〔小旦〕（俗作一非）幾番清話又成空

〔正旦〕（俗作兩非）一葉浮萍歸大海〔小旦〕人生何處不相逢

姐姐嗄、你路上辛苦了、請到裏面去、將息、將息罷、〔正旦〕多夫人、〔小旦〕姐姐請、〔正旦〕自然是夫人請、〔小旦〕還是姐姐請、〔旦〕如此說斗膽了、〔小旦〕好說、〔同下〕

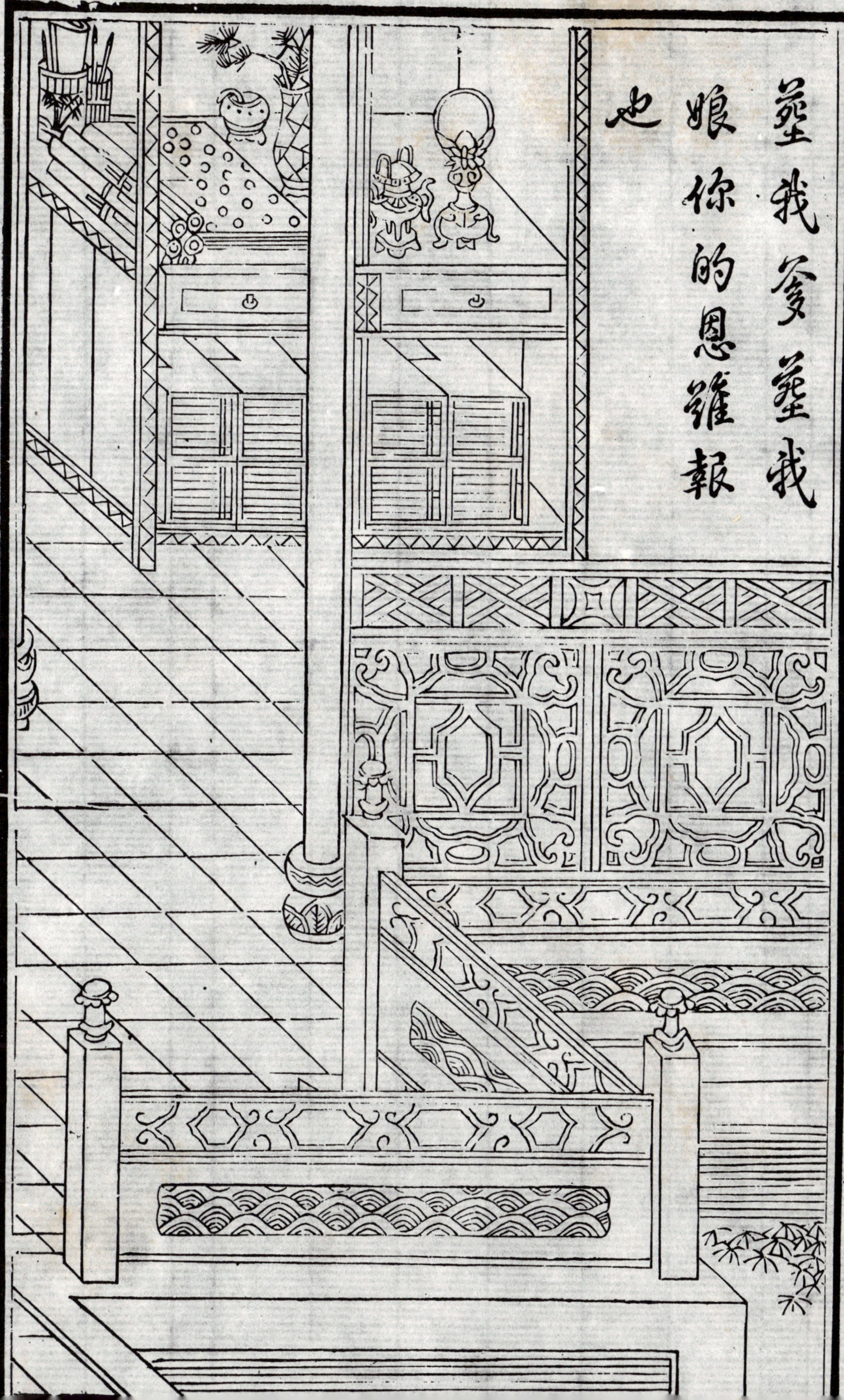
爹我爹爹我
娘你的恩難報
也

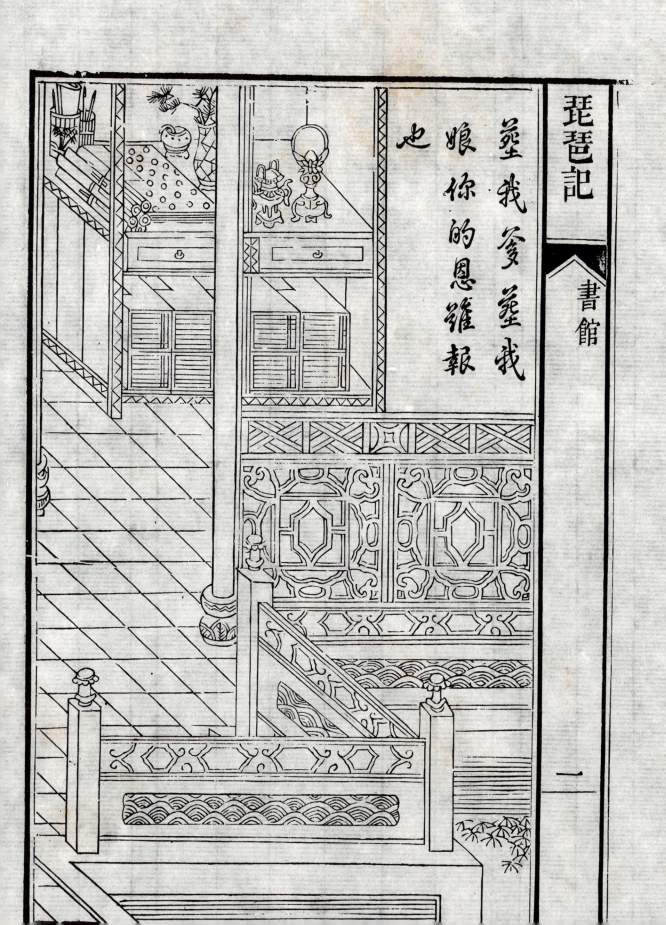

書館〔小生紗帽青花上〕

仙呂宮引子〔鵲橋仙〕披（恭怡貌）香侍宴、上林遊賞、醉後人扶馬上、金蓮花（俗作寶）照迴廊正院、宇梅梢月上、〔進桌坐介〕日宴下彤闈、平明登紫何如在書案、快哉天下樂、下官早臨長樂、夜值嚴更、召問神或前宣室之席、光傳太乙、時頒天祿之藜、惟有戴星銜出漢宮、安能滴露研硃、點周易、這幾日且喜朝無繁政、官餘閒、庶可留志於詩書、從事於翰墨、正是事業要當窮萬人生須是惜分陰、這是什麼書、嗄、是尚書、（揭開觀介）這堯典道、虞舜、頑、母嚚、象傲、（點頭搖身介）克諧以孝、他父母那般待他、他猶自克諧以我父母虧了我什麼、我倒不能彀奉養他、看什麼尚書、嗄、（移左邊）是春秋、（揭幾篇讀介）春秋中頴考叔曰、小人有母、未嘗君之羹、請以遺（作得意式放書）咳、想古人喫一口湯、兀自尋思着娘、（俗作父母非）我如今享此厚祿、如倒把父母撇了、枉看這書濟得甚事、你看書中、那一句不若着孝義、當元我父母教我讀詩書、知孝義、誰知反被詩書了、

仙呂宮正曲〔解三酲〕嘆雙親、把兒指望、教兒讀古聖文章、似我會書的、到把親撇養、（俗作漾非）少甚麼不識字的、到得終養、書我只為其自有黃金屋、反教我撇却椿庭萱草堂、還思想、（定神介）畢竟是文章我我誤爹娘、

〔前腔〕比似我做負義虧心臺館客、到不如守義終身田舍郎、

頭吟、記得不曾忘、綠鬢婦何故在他方、書我只爲其中有女如玉、反教我撇却糟糠妻下堂、還（呆思介）思想、畢竟是文章誤我我妻房、（作冷科）咳、書既懶看、且看這壁間山水古畫、散悶則箇、桌看介）嗄、這是金碧山水、（寸馬豆人可去）（點頭介）呸、這一軸畫像、是我昨在彌陀寺中拾的、（俗添道姑的行頭非）如何院子也將來掛在此、嗄、但不知是麽故事、待我看來、（雙手拏軸看作驚疑介）嗄、（作心惶意怯眼急看）呀、

南呂宮正曲（太師引）細端詳這是誰筆仗、（放軸）覷着他教我心兒好感（酸心淚滴……）嗄、好似我雙親模樣、（照前細看介）（作一頓思疑介）差矣、若是我的爹娘、婦善能鍼指、怎穿着破損衣裳、（一頓即想介）前日曾有書

道別後容顏無恙、哎呀、怎這般凄涼形狀、（一頓）且住、我這裏寄封音書回去、尚且不能、他那裏呵、有誰來往直將到洛（一頓一挫）天下、也有面龐厮像的、須知道聖人陽虎一般（欲不看又回身看軸想介）我理會得了、

前腔（又一體）這是街坊誰劣相砌庄家形衰貌黃、假如我爹娘若沒箇媳婦來相傍、少不得也是這般凄涼、敢是箇神圖佛嗄、我正看到其間、嗄、猛可的小鹿兒在心頭撞、丹青匠由主張、須知道毛延壽誤王嬙、（俗增漢字非）（慢退右進桌坐忿思式狀介）（末院子捧茶上）苔痕上階綠、草色入簾青、老爺茶在此、（取出盃盤放桌右腳邊介）（小生）院子、這軸畫像、是你掛在此的

(末)是小人掛的、(小生)收過了、(末)曉得、(作收軸朝上慢捲轉對小生捲(小生)嗄背後有標題、(末作看云)有標題、(小生)取來、(末應放畫於桌(小生)你自迴避、(末應取盃盤下(小生)嗄、想旣有標題、爲何反題在後面、待我看來、崑山有良璧、鬱璠璵姿、嗟彼一點瑕、掩此連城瑜、人生非孔顏、名節鮮不拙、哉西河守、胡不如皐魚、宋弘旣以義、(俗作黃非)王允何其愚、風木餘恨、連理無傍枝、寄語青雲客、愼勿乖天彝、這厮好無禮、句道着下官、等閒的怎敢到此、待我問夫人便知端的、(左出桌)夫人那裏、(仍回身看詩介(小旦素襖上)

仙呂宮引子(夜行船)猶恐他心思未到、教他題詩句、暗裏相嘲翰關心、丹青入眼、強如把語言相告、(見科)相公、(小生揖科)夫人、(云)誰人到我書館中來、(原進桌正坐小旦右傍坐云)相公書館、誰人敢來、(小生)嗄、這也好笑、下官前日在彌陀寺中香拾得一軸畫像、那院子不知也將來掛在此、不知什麼在背後題詩一首、一句好、一句反明明嘲着下官、故而相(小旦)敢是當原寫的、(小生)嗄、墨蹟尚鮮、怎麼說當原寫的、人請看、(小旦看云)(作喬愁故悶狀)崑山有良璧、鬱鬱(小生聽之更怒介)璠璵姿、嗟彼一點瑕此連城瑜、嗄相公、這詩、奴家不解、請相公解說一遍、(小生)夫人、你聽我解、那崑山呢是地名、產得好美玉、顏色瑩(郁甯切)潤值連城、若有些兒瑕玷、便不貴重了、(小旦)嗄、原來如此、人非孔顏名節鮮不虧呢、〔小生〕孔子顏子是大聖大賢、德行全、大凡人非聖賢能忠不能孝、能孝不能忠、所以名節、多欠缺、〔小旦〕拙哉西河守、胡不如皐魚、如何解、〔小生〕西河守（俗多郡字）起、是戰國時人、魏文侯拜他爲西河郡守、（怒介）嘎他母死不奔、〔小旦〕皐魚呢、〔小生〕皐魚是春秋時人、只爲週遊列國、父母亡了、他後來歸家、卽自刎而亡、（拍案點頭介）〔小旦〕宋弘既以義、王允何其〔小生〕宋弘呢、是光武時人、光武要把姐姐（俗作妹子非）、湖陽公主嫁他、弘不從、對官裏道、（帶道學式）貧賤之交不可忘、糟糠之妻不下堂、〔小好、〔小生〕王允是桓帝時人、司徒袁隗要將姪女嫁他、他就了前妻、娶了袁氏、〔小旦〕也好、風木有餘恨、連理無傍枝、怎

解、〔小生〕孔子、聽得皐魚啼哭、問其故、皐魚答曰、（用哀慟介）樹欲靜而不寧、子欲養而親不在、〔小旦〕（誚應介）是嘎〔小生〕西晉時東宮門首、槐樹二株、連理而生、四傍皆無小枝、〔小旦〕寄語青雲客、愼乖天彝、又如何說、〔小生〕傳言與做官的、切莫違了天倫、〔小原來這些緣故、相公、那不奔喪的、和那自刎的、那一箇是道、〔小生〕那自刎的是孝道、〔小旦〕相公、那棄妻的、和那不棄的、那一箇是正道、〔小生〕夫人、那棄妻的是亂道、〔小旦〕嘎、相你待學那一箇、〔小生〕嘎、夫人、我的父母、知他存亡如何、我（硬搖右手忍泣介）不學那不奔喪的、〔小旦〕相公、你雖不學那不奔喪的、且如這般富貴、腰金衣紫、假如有糟糠之婦、藍縷醜貌、可不辱

了你、也只索罷了、〔小生〕（雙眼火裂式）哎呀夫人、你說那裏話、縱辱沒殺

終是我的妻房、義不可絕、（要字字錚錚念）〔小旦〕（帶詭式）自然不認的了、〔小生〕嗄、（愈怒）嗄

嗄、

〔越調正曲〕【鏵鍬兒】你說得好笑、可見你的心兒窄小、沒來由漾却

李再尋甜桃、古人云、棄妻有七出之條、（俗作去聲非）〔小旦〕那七出、〔小生〕他

嫉、不淫與不盜、終無去條、那棄妻的、〔小旦〕便怎麼、〔小生〕衆所

不棄妻的、〔小旦〕呣、〔小生〕人所褒、縱然他醜貌、怎肯（俗作干非）相休棄

〔小旦〕

【前腔又一體】（緊唱）伊家富豪、那更青春年少、看你紫袍掛體金帶垂

做你的媳婦呵、應須有封號金花紫誥、必俊俏須嫋嬌、若

他醜貌、怎不相休棄了、（愈激介）〔小生〕咳、〔拍桌立起介〕

【前腔】你言顛語倒、（愈憤介）惱得我心兒轉焦、莫不是把咱奚落、特兀

粧喬、引得我淚痕交撲簌、簌簌、這遭那題詩的是誰、〔小旦〕問他

麼、〔小生〕嗄、他把我嘲、我難恕饒、（俗作你非）快說與我知道、怎肯干休（一拍大攤）

了、（竭狀）〔小旦〕

【前腔】我心中忖料、想不是箇薄情分曉、相公、〔小生〕呣、〔小旦〕管

你夫婦會合在今朝、〔小生呆科〕嗄、〔小旦〕伊家枉然焦、只怕你

聲漸高、你道題詩的、〔小生〕是誰、〔小旦〕是伊大嫂、〔小生〕姓什麼、

〔旦〕身姓趙、（正要）說與你知道、怎肯干休罷了、〔小生〕不信有

等事、〔小旦〕待我請他出來、〔小生〕快請出來、〔小旦〕姐姐有請、

既云奴家正是何故又增在那裏三字

生朝上重〔云〕嗄、不信有這等奇事、〔進桌看軸科〕〔正旦〕素縞

〔竹馬兒賺〕〔俗無此板〕聽得鬧炒、敢是兒夫看詩囉唣〔小旦〕姐姐快來、〔正

是誰忽叫、想是夫人召必有分曉〔小旦〕相公、是他題詩句、〔小

見正旦驚神未定介〔正旦見小生惟哭無言介〕你還認得

〔小生〕他從那裏來、〔小旦〕他從陳留郡、爲你來尋討〔小生對

䀹目細認科〕嗄、莫非你是趙氏五娘、〔正旦跌足應介〕奴家

是、〔小生撲至右上角正旦撲左上角各迎面哭科〕〔小生抱

旦哭介〕娘子、〔正旦〕相公、〔小旦抽空立右下將軸慢捲壓於

邊掛下〕〔小生雙手攙正旦科〕嗄、哎呀妻嗄、你怎的穿着破

衣衫盡是素縞莫不是我雙親不保〔正旦〕難說難道、

〔前腔〕〔又一體〕從别後遭水旱、我兩三人只道同做餓殍〔小生〕張

公可曾賙濟、〔正旦〕只有張公可憐〔小生〕呸、〔正旦〕嘆雙親别

倚靠〔小生急重念〕爹娘怎麽樣、〔正旦〕兩口顛連相繼死〔小生

〔雙手攙小旦手急跌足科〕我爹娘是没了、〔急拭淚小旦亦

淚小生急回顧正旦云〕怎得錢來殯斂、〔正旦〕我剪頭髮賣

送伊姚考〔小生急云〕如今安葬未曾、〔正旦〕把墳自造〔小生低

聲〕嗄、〔正旦〕土泥盡是我麻裙裹包〔小生以手膩眼科〕嗄、〔雙

攙正旦〕我聽伊言道、〔轉對正上蹬脚正旦小旦各背拭淚

生〕哎呀、俗作怎不非教我痛傷噎倒作暈倒介〔正旦小旦〕相公甦醒、相公醒來、〔小

預迴氣軟身無力唱

哎呀爹娘嗄、〔指淚〕〔正旦〕這就是你爹娘的眞容、〔小生〕嗄、〔攙

歸下以上乃梨園俗派然不過略轉即回是矣

旦手云 這就是我爹娘、正旦 正是、小生看軸亂跳脚 哎呀趨聲式

手撲軸跪膝行至軸邊 哎呀爹娘嗄、正旦小旦皆哭跪科

生對軸急搖頭似捧雙親結一處

越調集曲 山桃紅 下山虎首至四 蔡邕不孝、膝退拜介 把父母相抛早知俗

彤衰耄、各拜兩拜起 怎留漢朝 小生小旦作拜正旦正旦作

答禮介 小桃紅六至合 你 爲我受煩惱你 爲我受劬勞 亦兩拜起

差答禮 謝你 葬我爹葬我娘 你的 恩難報

又道養子能代老 合 合唱 這苦知多少此恨怎消 小生攙正旦手看

旦跌雙脚小旦哭介 天降災殃人怎逃 小生除紗帽科

前腔 下山虎首至四 我 脫却官帽 朝下脫衣科 解下藍袍 正旦小旦

公、急上辭官表共行孝道 小生對小旦云 只怕你去不得、

旦 小桃紅六至合 我 豈敢憚煩惱豈敢憚劬勞 同去 拜你爹拜你

小生看軸哭 哎呀爹娘嗄、小旦 親把 墳塋掃也 下山虎八至末 使

下亡靈安宅兆 俗作添榮耀非 合前 合 唱 小生拏軸走上正立

餘文 合唱 幾年分別無音耗 原本間 奈 千水萬山迢遥 小生 哎呀爹娘

只爲三 不從生出這禍苗 哎呀爹娘嗄、看小旦科 哎呀、跌脚

念 阿呀、正旦小旦 哎呀公婆嗄、小生 哎呀爹娘嗄、同哭下

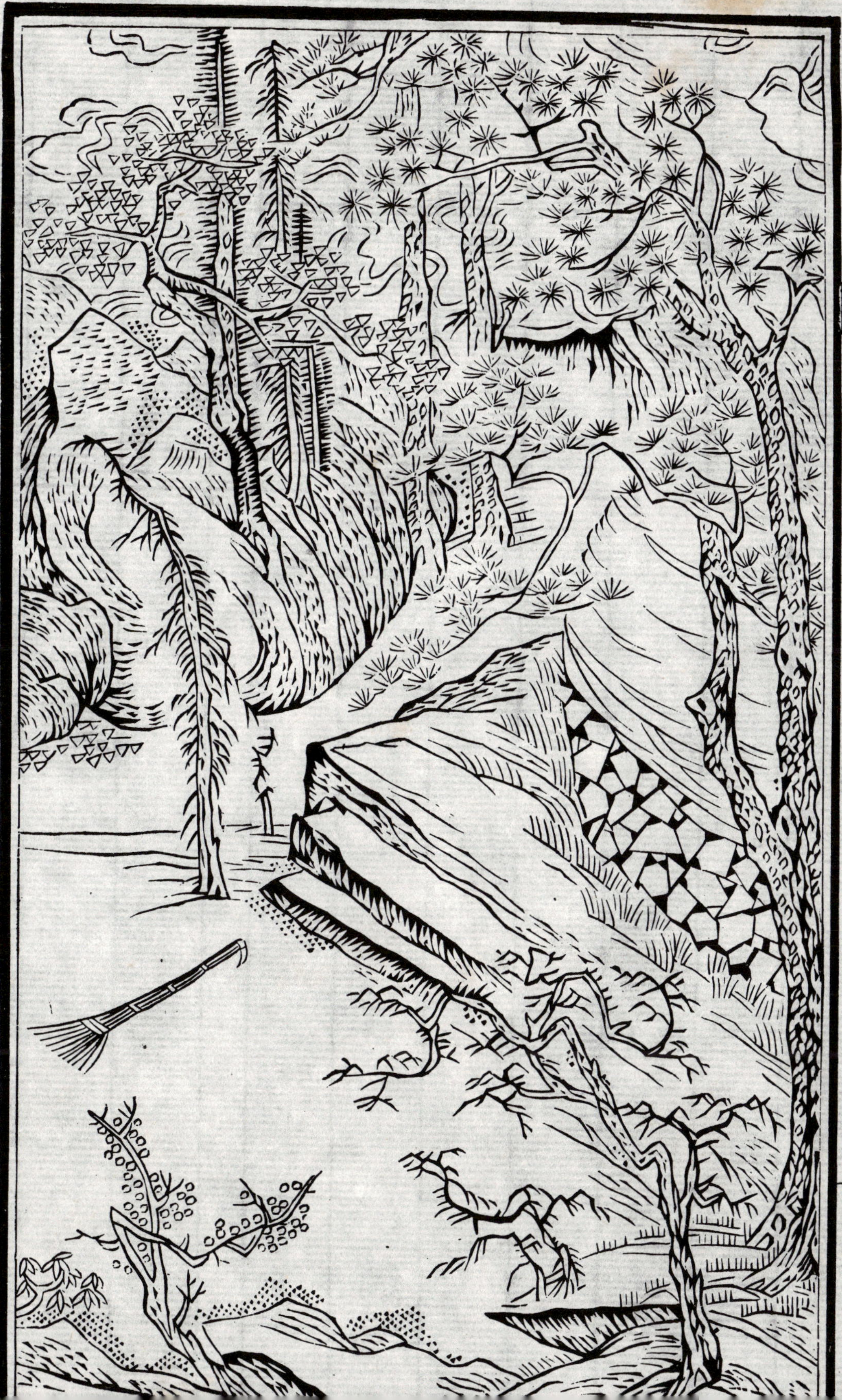

掃松

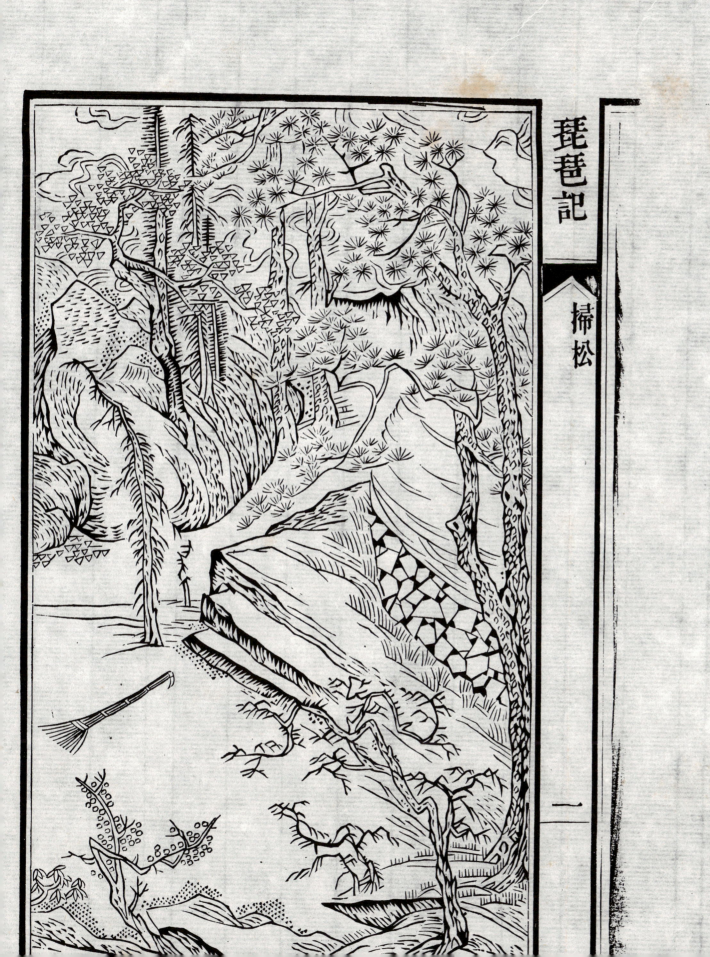

叫他不應
魂何在空教
人珠淚盈腮

掃松（老生白三髯長方巾帕打頭藕綢襖裙打腰拄杖箒上）

南呂宮引子（虞美人）青山古木何時了、斷送人多少、孤墳誰與掃苔、連塚陰風吹送紙錢遶、冥冥長夜不知曉、（俗作歇非）寂寂空山幾度泉下長眠人未醒、悲風簫瑟起松楸、老漢曾受趙五娘之

教我爲他看管墳塋、這兩日有些閒事、不曾去看得、今日

索去走遭（欲走）阿呀 。

仙呂宮正曲（步步嬌）只見黃葉飄飄把墳頭覆（至右上角）嘎咦、捉、

捉、（作雙手趕式）（笑科）哈哈哈、廝趕皆狐兎、嘎哎呀、不知那箇不

善的、把這些樹木都砍去、爲甚松楸漸漸疎、（作脚絆撞狀）

嘎、阿呀不好、（作跌倒科）阿唷、不知什麼東西把我絆這一

嘎待我掙起來看（作雙手下捏杖掙起看右上角科咳嗽

空使作者當場不冷靜宜慢慢掙立起看地介）嘎嘎、原來

苔把磚封、筍迸泥路、（作脚撥踏介）嘎老哥老嫂、小弟奉揖了、

自古道、未歸三尺土、嘎、（助悲辭）難保百年身、你已歸三尺土嘎、哈

只怕你難保百年墳、小弟在一日、爲你看管一日、倘（酸鼻云）

我死之後別、（作帶辭）教誰來添上三尺土（聊帶咳嗽慢掃至右下

從右掃至左下角（丑羅帽打頭青布箭衣束腰背包執棍

前腔）渡水登山多勞苦、來到 這、荒村塢、遙觀一老夫、試問他

住在何所、趲步向前行、呀原來一所荒墳墓、（帶京話）那邊有箇老公

在那裏、待我去問他一聲、（作放棍於右橫甩雙袖下拍老 肩）

作揖科〕噲老公公奉揖了、〔老生〕原來是一位小哥、請了、你
那裏來、〔丑〕我是問路的、〔老生〕問到那裏去、〔丑〕要問陳留郡
的、〔老生〕這裏就是陳留郡了、〔丑〕這裏就是了、阿呀謝天地、
公公、這裏有箇蔡家府、不知在那裏、望老公公指引指引、
〔生〕我這裏只有箇蔡家庄、沒有什麼蔡家府、〔丑〕老公公有
不知、我家老爺在京中做了大大的官、就是庄、也該稱做
了、〔老生〕嘎嘎是嘎、噲小哥、但不知你家老爺叫什麼名字、
說得明、我纔指引得你明白、〔丑〕我家老爺的名字誰敢叫
〔生〕叫了何妨、〔丑〕前日一箇人叫了俺爺的名字、拏去殺了、
問了一箇徒罪、〔老生〕好胡說那有此事、〔丑〕你不曉得、無非
俺爺是死也不饒人的、〔老生〕噲小哥、此是荒僻去處、但叫
妨、〔丑〕嘎、叫得的、既如此、我對你說、你革不要嚷、〔老生〕不嚷、
說、〔丑〕俺家老爺叫蔡伯喈、〔老生〕嘍（俗作重云非）、〔丑〕嘎、〔老生〕
〔風入松〕不須提起蔡伯喈、〔將箒擲於左下橫地介〕〔丑〕呸爲偺
嚷起來（喊八共調）〔解背包亦擲於右橫地介〕〔老生〕咻、說着他們呸忒
〔丑〕他有什麼歹處、〔老生〕他去求官（俗作做非）有六七載、〔丑〕有六七年
〔老生〕撇父母拋妻不保、〔丑〕他父母如今在那裏、〔老生〕小哥、
的這磚頭土堆、〔丑〕是什麼人在內、〔老生〕是他雙親（俗增莖字非）在此中埋、
嗄、原來他兩箇老人家都沒了、可曉得什麼病死的麼、〔老
〔前腔〕嗄小哥、一從別後遇荒災、〔丑〕嗄遇了荒倚仗何人、〔老生〕

俗作肩背着琵琶謬也

叓無人倚賴、〔這〕這等怎了、誰承奉他二八呢、〔老生〕虧他媳婦
看待、〔丑〕是嗄、還虧小夫人支持、〔老生〕把衣服和釵梳都解〔丑〕
公公又來了、釵梳首飾衣服解當都是有盡期的嗄、〔老生〕
是這小娘子將釵梳解當錢來買米做飯與公婆喫、〔丑〕好、
得、〔老生〕你道他自已喫什麼、〔丑〕不過喫飯罷了、喫什麼、〔老
咳、說也可憐嗄、他背地裏把糟糠自捱、〔丑〕可憐嗄、〔老生〕嗄
公婆的反疑猜、〔丑〕嗄敢是疑他背後自喫了好東西麼、〔老生〕
是、〔丑〕有之後來便怎麼樣、〔老生〕後來呵
急三鎗〔又一體〕他公婆的親看見雙雙死無錢送只得剪頭髮
了買棺材〔丑〕老公公說了半日的話這一句就是掉謊了、那

頭髮賣了、能值幾何、又買得棺木、又造得這所大墳墓、〔老
小哥嗄
前腔〔正格〕他去空山裏、裙包土、血流指、感得神靈助、與他築墳
〔丑〕這是孝感天地、果有如此、如今這小夫人往那里去了
〔老生〕小哥
風入松 他、如今逕〔俗作𠯖非〕往帝都哉〔俗作家非〕〔丑〕他把甚麼做盤纏、〔老生〕連上
不消斷說也慘然嗄、他彈着琵琶做乞丐、〔丑〕咳可憐、我奉
爺之命、來接取太老爺太夫人和小夫人到洛陽、誰想兩
老人家死了、小夫人却又去了、教我怎麼樣回覆家爺、〔老
是嗄、你也是一場苦差、〔丑〕老公公這是苦差嗄、〔老生〕也罷、我

與你說與他父母知道、你對這墳墓跪着、我叫你也叫、〔丑〕
跪着、老公公叫我也叫、〔跪右對中〕〔老生〕嗄老哥、〔丑〕嗄老哥、
〔生〕嗄嗄、你稱太老爺僾纔是、〔丑〕嗄、我稱太老爺、〔老生〕老哥
太老爺、〔老生〕好、老嫂、〔丑〕太夫人、如何、(得意介)〔老生〕好、你兒子做了
〔丑〕你兒子做了官、〔老生〕今差人這箇、〔丑〕今差人這箇、〔老生〕
叫什麼名字、〔丑〕你叫什麼名字、〔老生〕嗄、不是我問你嗄、〔丑〕
老公公問我、〔老生〕吔〔丑〕我叫李旺、〔老生〕今差人李旺、〔丑〕表
典之、〔老生〕誰問你表、〔丑〕也要表明白了〔老生〕接你到京、〔丑〕
你到京〔老生〕享榮華、〔丑〕享榮華、〔老生〕受富貴、〔丑〕受富貴〔老
你去也不去、〔丑〕你去也不去、〔老生〕你去也不去〔丑〕你去也

去〔老生〕喲呸〔丑〕喲啐〔丑立起拍垢〕〔老生〕叫他不應覔何在、
啐啐啐說了半日的話搗他娘的鬼、〔老生連唱〕空教我珠
盈腮、〔丑〕老公公你休啼哭、待小子回去叫俺老爺多多做些
果、(課非)追薦爹娘便了、〔老生〕嗄、小哥、他生不能養、死不能葬、葬
能祭、咏、三不孝逆天罪大、〔丑〕超度超度也好、〔老生〕咳空設
枉修齋、我問你你家老爺如今在那裏、〔丑〕俺爺入贅牛丞相
中、〔老生怒科〕嗄、小哥、
〔急三鎗〕你如今疾忙去、到京臺、說老漢(道與)蔡伯喈、〔丑〕道些、
麼來、〔老生〕喲拜別人做爹娘、好美哉、(親)爹娘死、(不值)你一
〔丑〕老公公、休要恠差了人、俺爺要辭官、官裏不從、辭婚牛

師又不允、也是出于無奈、〔老生〕真箇、〔丑〕真箇、〔老生〕果然、〔丑〕
然、〔老生作怒息介〕哎呀
〔風入松〕原來他、也是出無奈、嗄、小哥、我和你今日之會別、好
似鬼使神差、〔丑〕是嗄、不錯、不錯、〔老生〕他當初在家原不肯去
選的、〔丑〕那箇狗養的教他去的麼、〔老生〕呸、不要罵、就是老
〔丑〕就是老公公、失言失言、〔老生〕不記較、就是老漢、和他爹
一同相勸、故此勉強而去　三不從、把他厮禁害、三不孝、亦
其罪、〔丑〕老公公這是他爹娘福薄（俗作命非）運乖、〔老生〕小哥、〔合唱〕想人生、
都是命安排、〔老生〕雙親死了已無依、〔丑〕待我回去、對家爺說、
教他連夜趕回來就是了、〔作拏包提棍科〕〔老生拏箒云〕今

回來也是遲、〔丑〕夜靜水寒魚不餌、滿船空載月明歸、老公
請了、〔老生〕那裏去、〔丑〕尋飯舖子裏去、〔老生〕天色已晚、去不
了、嗄、就在老漢家中住了一宵、明日去罷、〔丑〕怎好打攪老
公、〔老生〕好說、隨我來、〔丑〕老公公請轉、〔老生〕怎麼、〔丑〕說了半
的話、不曾問得你老的尊姓大名、〔老生〕你問我、〔丑〕是、〔老生〕
你家爺鄰比、叫張大公、張廣才、就是老漢了、嗄、〔丑〕嗄、阿呀
張廣才、張大公、就是你老、阿呀、小的有眼不識、〔放包棍于
科〕多多有罪、待小的叩箇頭兒、〔老生〕不消、〔丑〕一定要叩叩、〔
生〕不消、〔丑〕好人嗄、我家老爺在京、時刻想念你老人家、〔老
嗄、你家爺想念我、〔丑〕怎麼不想、喫飯也是張大公、喫茶也是

張大公、一日在茅厠上登東、小的拿草紙去、只看見我們
爺脹紅了臉對着屁股眼子、說是阿呀我那張洞公嗄、〔各
科〕〔老生〕小哥、這叫做背後思君子、〔丑先拏包棍後云〕方知
好人、老公公府上在那裏、〔老生〕就在前靣這裏來、〔丑〕如此
公公請嗄、〔老生〕小哥請、〔丑〕老公公請嗄、請、〔老生招引丑同